JN099945

冥府の王の神隠し

櫛野ゆい

キャラ文庫

この作品はフィクションです。
実在の人物・団体・事件などにはいっさい関係ありません。

目次

口絵・本文イラスト／円陣闇丸

覚えているのは、満天の星空。

月のない闇夜に広がる、無数の星々――。

一章

ミンミンというセミの鳴き声と共に降り注ぐ強い日差しが、木々の葉に遮られてキラキラと煌《きら》めく。

その強い輝きに目を細めながら、北浦伊月《きたうらいつき》はゴトゴトと揺れる軽トラックの助手席でスマホの向こうの相手に相槌《あいづち》を打った。

「はい、そうですね。……ええ！　ではその段取りで！　よろしくお願い致します！」

電波が悪いため、途中途中声を張り上げながらなんとか話を終える。通話を切った途端、かろうじて一本立っていた画面端の電波がフッと消えてしまって、伊月はほっと息をついた。

「来週の学会の打ち合わせ？」

後部座席からつまらなそうに声をかけてきたのは、伊月の上司であり、長年の恩師でもある中田《なかた》教授だ。

「僕、学会に出るよりもここで調査してたいなあ。北浦くん、折り返して欠席の連絡を……」

「駄目です。それに電波もありませんから」

にべもなく却下した伊月に、中田が不満そうに言う。

「そう言って君、電波あっても連絡してくれないでしょう。ねえどう思う、斎藤《さいとう》くん。ひどいと思わないかい？」

「そうですねえ」

軽トラを運転しながら苦笑するのは、地元の博物館で研究員をしている斎藤だ。

うちの先生がすみません、と内心で斎藤に謝りつつ、伊月はスマホに先ほど打ち合わせした来週の予定を打ち込んだ。

今年二十八歳の伊月は、中田教授の元、大学の考古学研究室で助手として働いている。身長は百七十二センチとそう高くはないが、細身でそれなりに顔も整っており、身なりにも気をつけているため、中田からはよく「ウチの助手はモデル畑だから」とからかわれている。

日本の研究職のご多分に漏《も》れず薄給ではあるものの、幼い頃から土器や埴輪《はにわ》、古墳に興味があり、考古学者を志していた伊月にとって、今の職場は夢のような環境だ。

学生時代の恩師である中田は、少々自由人で変わり者だが、誰よりも考古学を愛しており、伊月と同じ古墳時代を研究テーマにしている。還暦を過ぎてもフットワークが軽い中田は、日頃から遺跡や古墳の調査で全国を飛び回っており、伊月はその度に助手として同行していた。

日本の山々には、誰の目にも触れることなくひっそりと時を紡いでいる小さな古墳が無数に存在している。大学が夏期休暇に入ったこの日、伊月はそういった古墳の一つから土器が出土したと連絡を受けた中田教授のお供で、都心から車で十時間ほど行ったある山を訪れていた。

「だいたい、北浦くんは真面目すぎるんだよ。僕が若い頃は、学会なんてしょっちゅうサボってたのにさあ」

後部座席でまだ駄々をこねる恩師を、伊月はため息をついてなだめる。

「昔と今とは違いますから。それに、先生が出席されるからって、張り切って用意している方々もいらっしゃるんですよ」

中田は学界では指折りの考古学者であり、憧れている研究者は多い。

大人しく出席して下さいと言い渡した伊月に、中田は拗《す》ねたように言った。

「やだやだ、大人ぶっちゃって。北浦くん、考古学者たるもの……」

「童心を忘れたら終わり、ですよね。はいはい、分かってますから」

「……可愛《かわい》くなーい！」

もう何度も言われてきた金言を途中で遮った伊月に、中田が膨《ふく》れ面で叫ぶ。運転席の斎藤が、のんびり笑って言った。

「北浦さんは中田先生の取り扱いを心得てますねえ」

いい助手さんだ、と笑う斎藤は、数年前まで海外の研究機関におり、その頃から中田と親交があったらしい。帰国してから何度か中田を訪ねてきており、伊月も会うのはもう何度目かになる。今回土器が出土したと連絡をくれたのも彼で、狭く舗装もされていない林道は慣れていないと危ないからと、運転手を買って出てくれたのだ。

交通費節約のため、早朝から高速を使って何時間も車を運転してきた伊月にとっては有り難いことこの上ない申し出で、おかげで助手席で各所に必要な連絡を取ることができた。ちなみに中田は、伊月が運転する傍らで遠慮なくぐうぐう寝ていたため、やたら元気である。

その元気な中田が、ニヤリと笑って後部座席から身を乗り出してきた。

「そういえば斎藤くん、北浦くんたらね、最近恋人ができたんだよ」

「……先生」

学会に出ろと言われた意趣返しのつもりなのだろう。いらないことを言わないで下さいと、言外に含めた伊月を無視して、中田がペラペラと話す。

「うちの大学の附属博物館の学芸員で、半年前に来た子なんだけど、えらい美人さんでねえ。北浦くん、今まで全然浮いた話がなかったのは、面食いだったからみたい」

「人聞きの悪いこと言わないで下さい」

唸《うな》った伊月に、斎藤が朗らかに笑う。

「それは、なかなか隅に置けませんね、北浦さんも」

「でしょう？　でもね、付き合って一ヶ月も経《た》つのに、未《いま》だに敬語で話してて……」

「先生」

じろりと視線で中田を咎《とが》めて、伊月はスマホを振ってみせた。

「先日来てた雑誌取材の依頼、お引き受けしてよろしいですね?」

「……電波ないんでしょ」

学会以上に嫌いな取材の依頼を持ち出され、たじろぎつつも虚勢を張った中田に、斎藤が苦笑して告げる。

「この辺は木が密集してますからね。でも、もう少し行けば、また電波入りますよ」

「わああ、ごめん! もう言わない! 言わないから勘弁して、北浦くん! 斎藤くんも、いらないこと言わない!」

伊月に謝りつつ、中田が斎藤に文句を言う。

まったくもう、とため息をつく伊月に、斎藤がくすくす笑いながら聞いてきた。

「そういえば北浦さんは、この辺りのご出身なんですよね?」

「……ええ。十年前まで、麓《ふもと》町に住んでいました」

少し迷いながらも、伊月は隠すことでもないしと正直に打ち明けた。伊月の言葉に、斎藤がハンドルを握ったまま息を呑《の》む。

「十年前って、まさか……」

「はい。僕はあの土砂災害で家族を亡くして、それで遠方の親戚に引き取られたんです」

降り注ぐ強い日差しに目を細めながら、伊月はそう告げる。

——十年前、この山で大規模な土砂災害が起きた。

予報以上に強い嵐に見舞われ、深夜に警報が出たものの避難が遅れ、麓の町の大半が土石流に呑み込まれたのだ。

死者は五十名を越え、その中には伊月の両親も含まれていた——。

「そうだったんですか……。すみません、つらいことを思い出させてしまって」

気まずそうに詫《わ》びる斎藤に、伊月は頭を振って言った。

「いいえ、……それに僕、その夜の記憶が途中からないんです」

「え……」

「どうやら、神隠しに遭ったらしくて。……気がついたら、土砂災害の夜から三ヶ月が経っていたんです。両親が亡くなったことも、保護された病院で知ったんですよ」

打ち明けた伊月に、斎藤が言葉を失う。

慣れた反応に苦笑して、伊月はさらりと告げた。

「変なこと言ってすみません。でも、そういうわけで、ご心配いただくほどつらい思いはしていないので大丈夫ですよ」

「……そうですか」

ならよかったですと言いつつも、斎藤の声には心配そうな響きが滲《にじ》んでいる。

(気を遣わせちゃったな……)

この話になるとどうもうまく立ち回れない、と内心ため息をついて、伊月は窓の外に視線を移した。

十年前のあの夜、伊月は自宅の二階ごと押し流され、どうにか命は助かった。だが、一階にいた両親の安否を確かめるため、町のあちこちを探し歩き、土石流を迂回《うかい》してこの山に迷い込んで——、気がつくと、近くの神社の境内にいたのだ。

土砂災害から三ヶ月が経った、境内に。

（……オレにはその間の記憶が、ない）

ぼんやりと外を眺めながら、伊月は思いを巡らせた。

自分が三ヶ月間の記憶を失っていると分かった時、当然ながら伊月は混乱したし、悪い夢でも見ているのではないかと何度も疑った。

現実だということ、事実だということを受け入れてからは、ひたすらあの夜のことを思い出そうと必死に考え続けた。

けれど、失った三ヶ月間の記憶は、ついに取り戻せなかったのだ。

（オレは一体、どこでなにをしていたんだろう。自分の親が死んだっていうのに、町の皆が大変な思いをしていたっていうのに、どうしてすぐに戻らなかったんだろう）

遠くの親戚に引き取られることが決まるまで、伊月は何度もこの山に通った。けれど、記憶を取り戻すことも、自分がこの山にいた手がかりも、結局なにも掴《つか》めずじまいだった。

大学に入り、好きな考古学の道に進み始めてからは、自分が神隠しに遭ったことはなるべく考えないようにしてきた。

　思い出さない方がいい記憶だから、無意識下で自分の記憶が戻らないようにしているのかもしれないとも思ったし、実際似たようなことを病院で言われたこともある。思い出そうとする方がストレスがかかることもある、無理に思い出すことはないと、当時を知る友人たちからも、何度もアドバイスされた。

　人生で起きた出来事を、すべて覚えている人間なんていない。記憶の一部がなくとも生きていけるし、思い出したところで両親が生き返るわけでも、過去に戻れるわけでもない。それは、分かっている。

　けれど、どんなに頭では分かっていても、考えないようにしよう、思い出そうとするのはやめようとしても、ふとした瞬間にどうしようもない寂寥《せきりょうかん》感に、絶望感に襲われるのだ。

　まるで自分の心のどこか大事な部分が欠落しているような喪失感が、今も消えない――。

（……いけない。いい加減前を向くって、決めたばかりだろ）

　気がつくとまた過去のことに思考が飛んでいる自分を内心叱咤《しった》して、伊月は懸命に気持ちを切り替えた。

（今回は発掘調査に来たんだから、そっちに集中しないと。それに、オレにはもう、過去よりも大切にしたい人がいるんだから）

　伊月が一ヶ月前に交際を始めたばかりの恋人は、野入麻耶《のいりまや》という二歳年上の女性だ。

これまで何人かから告白され、年齢なりに交際経験のある伊月だが、いずれもうまく行かず、長くても一年ほどで破局していた。

原因は自分にあると、伊月は思っている。

恋人と一緒にいても、胸の内に巣くう喪失感が消えず、なにをしていても心から楽しめないのだ。いくら態度には出さないよう気をつけていても、どうしてか気づかれてしまい、別れを切り出されるという繰り返しだった。

だが、麻耶は違う。

彼女は初めて、伊月から交際を申し込んだ相手だ。

半年前、大学附属の博物館で初めて麻耶と会った時、伊月は伏し目がちな彼女の横顔に強く惹《ひ》かれた。

長い睫毛《まつげ》の奥に潜む、黒い瞳。静謐《せいひつ》な夜のようなその瞳からどうしても目が離せなかった。

まるで、失った記憶の欠片《かけら》を、ようやく見つけたかのように。

(……あんな感覚は、初めてだった。あんなに誰かに惹かれたのも)

彼女のことが気になって目で追うようになった伊月は、先月、結婚を前提に付き合ってほしいと申し込んだ。

彼女となら、きっと前を向いて歩いていけると思って。

(オレにはもう、麻耶さんがいる。過去のことは、もう分からなくてもいい。いつまでも過去

に囚《とら》われてないで、未来のことを考えないと）

自戒した伊月に、運転席の斎藤がそっと声をかけてくる。

「……そろそろ着きますよ」

気遣うような声に、伊月は明るい声で答えた。

「はい、ありがとうございます。楽しみですね、先生」

「そうだねぇ」

間延びした声に、今から寝ないで下さいよと笑って、また窓の外に視線を向ける。

林の奥から、ミンミンと割れるようなセミの鳴き声が続いている。

数年越しの眠りから覚めた命が紡ぐ音に、伊月はそっと、目を伏せた——。

それは、十年前。

伊月が十八歳の、夏のことだった。

「……っ、ここも土砂が……」

真っ暗な林道を懐中電灯代わりの携帯のライトで照らして、伊月は呻《うめ》き声を上げた。

目の前の道は、倒木と土砂ですっかり埋まってしまっている。

行く手を阻む土砂を睨《にら》んだ伊月は、焦りを堪《こら》えつつ、土砂を迂回すべく早足で林の中へと足を踏み入れた。

(早く、父さんと母さんを探さないと……!)

厚い雲に覆われた空は星一つ見えず、周囲の木々は未だ強く吹き荒れる風雨にゴウゴウと恐ろしい音を立てて揺れている。細い獣道はぬかるんでいて、もし今ここで土砂崩れが起きたらと思うと、怖くてたまらない。

それでも、自分は行かなければならない。一刻も早く両親を探し出さなければと、伊月は無我夢中で茂みを突っ切った。

——数時間前、伊月の生まれ育った町は、突如土石流に呑み込まれた。

大雨警報が出たのは日付が変わった深夜のことで、家族の中で起きていたのは伊月だけだった。ちょうど雨戸を打つ激しすぎる雨音に不安を覚え始めた伊月は、ラジオを付けて警報に気づいたところだった。

避難といっても、こんな深夜だししばらく様子を見るしかないだろう。そう思った直後、ドンッとすさまじい音と揺れが伊月を襲い、部屋の灯《あか》りがブツッと消えた。

地震だろうかと、慌てて階下で寝ている両親の無事を確かめようと階段を降りようとして、伊月は息を呑んだ。

家の中に、大量の土砂が流れ込んでいたのだ。

『父さん！　母さん！』

慌てて一階に降りようとした伊月の耳に、両親の声が聞こえてくる。

『伊月！　あなたは二階にいなさい！』

『大丈夫だから、こっちには来るな！』

『……っ、でも……』

躊躇《ため》って足を止めた伊月の目の前を、一際大きな岩が押し流されていく。

あんなものが、もし両親に当たったら。ゾッとした伊月が、やはり二人の元に行こうとしたその時、グラリと大きく家が揺れ、——割れた。

『……っ、うわ……！』

バランスを崩した伊月が手すりに掴まった途端、バキバキと凄まじい音を立てて分離した二階が土石流に押し流される。

『父さん！　母さん……！』

必死に叫ぶ伊月の声が、ゴウゴウと降りしきる雨音に掻《か》き消される。

吹き荒れる暴風雨の中、隣家にぶつかって止まるまで、伊月はただ手すりにしがみついていることしかできなくて――。

（……っ、早く父さんと母さんを探さないと……！）

真っ暗な林の中、携帯のライトだけを頼りに、伊月は先を急いだ。

二階ごと流された後、伊月は急いで自分の部屋に引き返してとりあえず携帯を掴み、二階の窓から外に脱出した。だが、隣家の屋根に飛び移って慌てて辺りを探しても、すでに両親の姿も自宅の一階も見当たらなかったのだ。

佐伯《さえき》という高齢のおじいさんが一人暮らしをしているはずの隣家は、無人だった。

昔教師だった佐伯は、伊月にとって祖父のような存在で、今もしょっちゅう入り浸っては厚意に甘えて泊まり込んだりしている。安否が気になるが、今は無事を確かめる術《すべ》はない。

携帯で消防に助けを求めようにも電波がなかったため、伊月は隣家でスニーカーを借り、降りしきる豪雨の中、無事な道を辿《たど》って土砂の後を追った。しかし、山からの土砂は渓流ごとに流れ込んでいるらしく、道路という道路が濁流で遮断されていて迂回せざるを得ず、林道まで来てしまったのだ。

災害の時は、自分の命を最優先に守らなければならない。

まだ雨もやんでいない、それも深夜に土砂崩れが起きたばかりの林道を進むなんて、二次災害を招きかねない愚かな行為だ。

そんなことは、言われなくたって分かっている。

分かっていても、目の前で両親が土砂に押し流されたというのになにもせずにいるなんて、できない。

助けに行かずにはいられない。

（……っ、頼むから、無事でいてくれ……！）

途中で土砂に埋まりかけた人を幾人か助けたが、中にはすでに事切れている人もいた。もしも両親があんな目に遭っていたらと思うと、いてもたってもいられない。

少しサイズの大きいスニーカーに入り込んだ小石や泥を取り除く暇も惜しんで、伊月はずぶ濡《ぬ》れのまま林の中を歩き続けた。

――やがて雨がやみ、厚く垂れ込めていた雲がじょじょに晴れていく。

獣道を進んでいた伊月は、突如開けた場所に出て小さく息を呑んだ。

月のない満天の星空の下、円形にこんもりと盛られた土の上に、苔生《こけむ》した石が積み上げられていたのだ。

それは、規模こそ小さいが確かに人の手によって造られた、――古墳、だった。

「古墳……、だよな、これ……」

この近辺は昔から遺跡や古墳が多く発見されているらしく、近くに大きな博物館もある。伊月も何度か訪れたことがあり、発掘現場の写真を見たことがあった。

だがこの古墳は、誰かが調査しているような形跡はない。

もしかしたら今まで誰の目にも触れてこなかった古墳なのかもしれないと思いつつ、伊月は引き寄せられるように古墳の前に膝をついた。

携帯を閉じて横に置き、そっと手を合わせて目を閉じる。

「……どうか、オレの両親を守って下さい」

神社やお寺ならともかく、誰のものとも知れないお墓である古墳にこんなことをしても、無駄かもしれない。

けれど今は、なんでもいいから縋《すが》りたい。

両親の安否も不明の今、この古墳に辿りついたのもなにか縁があるような気がしてならず、伊月は目を固く瞑《つむ》って祈り続けた。

「どうか両親を、皆を、助けて下さい。お願いします……!」

被害の詳しい状況はまだ分からないが、今夜の土砂災害がこの地にかつてないほどの被害をもたらすことは疑いない。

古墳に葬られているのは、その土地の豪族や王のはずだ。

旧《ふる》くからこの土地を見守ってきた偉人なら、願いを聞き届けてくれないだろうか。

この地域に住む人々を、守ってはくれないだろうか。

——と、その時だった。

不意に、瞼《まぶた》の裏に強い光を感じた伊月は、反射的に顔を上げ、目を開ける。

次の、瞬間——。

「……っ、え……」

眩《まぶ》しさに一瞬細めた目を、伊月はすぐさま大きく見開いた。

——そこは、見覚えのある神社だった。

町外れの丘の上にある、小さな神社。その神社の境内に、伊月は膝をついていたのだ。

「な……、え……?」

周囲はすっかり明るく、古墳どころか先ほどまで自分がいたはずの林さえもどこにも見当たらない。横に置いたはずの携帯も、付けていたストラップごとなくなっていた。

——おまけに。

「っ、泣いてる……?」

自分の頬を濡らす涙に、伊月は驚いた。

なにも悲しくなんかない。痛くも、辛《つら》くもないのに、何故《なぜ》か伊月は泣いていたのだ。

「なんで……」

次から次へと溢《あふ》れる涙を拭《ぬぐ》いつつ、辺りを見回した伊月は、そこで思わず息を呑む。

「……っ、紅葉《もみじ》……？」

ハラハラと落ちてきたのは、真っ赤な紅葉だったのだ。

「な……、なんで……？　さっきまで夜で……、今は夏じゃ……」

――混乱する伊月は、まだ知らなかった。

土砂災害が起きたあの夜から、三ヶ月の時が経過していることを。

自分の両親が遺体で見つかり、すでに荼毘《だび》に付されていることを――。

あっちです、と案内する斎藤の後に、中田が続く。

機材を入れたリュックを背負った伊月は、二人の後に続いて進みながら、周囲を見回した。

「こんなに奥にある古墳、よく見つけられましたね」

「道に迷って、偶然見つけたんです。ただ、この辺りは特に磁場が強いせいで、調査が難航していて」

こちらを振り返って答えた斎藤に、伊月はそうなんですねと頷《うなず》いた。

林道の中腹にある待避所に軽トラックを停《と》めた一行は、獣道を進んでいた。

途中途中、木の幹に目印の糸がくくりつけられているが、獣道は細く、似たような景色が続いている。

こっちの方は、十年前には来たことがなかったなと考えかけて、伊月は頭を振った。

（……いけない、調査に集中しないと）

過去に囚われるのはもうやめようと決めたはずなのに、もしかしたらという思いが頭をかすめて、知らず知らず緊張してしまう。

もしかしたら、今度こそなにか思い出せるのではないか。

失った記憶を、取り戻せるのではないか——。

（……なにを期待しているんだ、オレは。斎藤さんから聞いた話だと、この先にあるのは方墳ってことだった。オレがあの夜見たのは、円墳だ）

あまり知られていないが、日本にはおよそ十六万基超の古墳がある。その数はコンビニの約三倍で、海沿いや山などには発掘されていない古墳がまだまだ存在していると言われている。

古墳の形状といえば前方後円墳が有名だが、あれは大規模な古墳が主で、こういった山中にあるような小規模なものは円墳や方墳が多い。

四角形の方墳は六世紀末頃から広まったと考えられており、この山で見つかっているのはすべて方墳だった。

（この山に、円墳はない。そもそも、オレが見たのは幻覚の可能性だってあるんだ。せっかくここまで調査に来たのに、余計なことに気を取られてる場合じゃないだろ）

自分自身を叱咤した伊月だったが、その時、前を行く斎藤が足をとめる。

「ここです。どうぞ」

調査中につき立ち入り禁止と書かれたテープを持ち上げて促す斎藤にお礼を言って、伊月は中田と共にテープをくぐった。

「おお、これはまた、綺麗《きれい》な方墳だねえ」

真四角の古墳を前にした中田が、嬉《うれ》しそうに声を上げる。

大きさは、五メートル四方といったところだろうか。日本最小とまではいかないものの、規模はかなり小さく、全体が青々とした苔で覆われている。

ヤマユリの咲く一角には一条の光が差し込んでおり、今まで山奥でひっそりと時を重ねてきたその光景は、とても美しいものだった。

「人目に触れない山奥だから、こんなに綺麗に残っていたんだろうねえ」

「そうですね。斎藤さん、写真を撮ってもいいですか？」

中田に相槌を打ちつつ、早速聞いた伊月に、斎藤が頷いた。

「ええ、もちろん。先生、土器が出土したのはこちらです」

「おお、どこだい？」

斎藤の言葉に中田が目を輝かせる。伊月も高校の時は陸上部だったので体力はある方だが、還暦を過ぎたにもかかわらず、険しい山道を進んできた後もああしてケロッとしている中田の体力には恐れ入ってしまう。

いそいそと斎藤の後に続く中田の後ろ姿に苦笑して、伊月は方墳の全体像が収まるよう少し離れたところまで下がって、持参したカメラを構えた。

「……本当に、綺麗な方墳だな」

調査の度に思うことだが、今から千年以上前の人々が、これほど美しい古墳を築いていたなんて、本当に感動してしまう。

それほど、人間にとって死は恐ろしくも神聖なものなのだ――。

（……ここに葬られた人は、一体どんな人だったんだろう）

それほど大きくない古墳だから、若くして亡くなった豪族の子女だろうか。あるいは、尊敬されていた占い師かもしれない。

出土した土器からなにか分かるといいけどと思いつつ、伊月は夢中で写真を撮り続けた。

伊月が考古学に興味を持ったのは、幼い頃、両親に地元の博物館に連れていってもらったのがきっかけだった。

当時からこの山ではいくつもの古墳が見つかっており、発掘調査も盛んで、博物館には埴輪や土器などの実際の出土品が多く展示されていたのだ。

（そういえば小さい頃、博物館のショップで買ってもらったキーホルダーがあったっけ）

確か人型と馬型の埴輪のマスコットだった、と思い出して、伊月はあれ、と首を傾《かし》げる。

記憶の中では、確かランドセルに付けていたと思ったが、気がついたら馬の方は失《な》くなっていた気がする。

（オレ、いつ失くしたんだろう？）

大方どこかに落としてしまったのだろうが、それにしては失くして悲しんだ覚えがない。

（小学校を卒業した後は、人型のはずっと机の引き出しに仕舞ってて、あの土砂災害で机ごとどこかに流されてそれっきりだけど……）

写真を撮る手をとめ、考え込んだ伊月だったが、その時、突如ズキンと頭の奥に強い痛みが走る。

「……っ、う……」

小さく呻いた伊月は、偏頭痛だろうかとしばらくこめかみを揉《も》んでみるが、ズキズキと脳を締め付けるような痛みはまったく薄れる気配がないどころか、一層強くなってくる。

（なんだ、これ……）

しばらく耐えようとした伊月だったが、次第に痛みのあまり、気分まで悪くなってくる。

仕方なく、伊月は近くで発掘現場を観察している中田と斎藤に声をかけた。

「……教授、斎藤さん。すみません、少し頭が痛いので、先に車に戻ります」

「大丈夫ですか？　すごく顔色が悪いですよ」

伊月を見て驚いたように言う斎藤に、中田も頷いて言う。

「うん、真っ青だ。斎藤くん、悪いが一緒に戻ってあげてくれるかい？」

「いえ、一人で大丈夫です。目印を辿れば戻れますから」

こんな山奥に中田を一人で残すわけにはいかない。自分より中田についていてくれと言った伊月に、斎藤が車の予備キーを渡して告げる。

「ダッシュボードに痛み止めが入ってますから、よかったら飲んで休んでて下さい。なにかあったら遠慮なく携帯鳴らしてもらえれば……」

「斎藤くん、ここ電波ないよ」

自分の携帯を確認して、中田が指摘する。

磁場が強いせいもあるのだろう。車を停めた待避所ではかろうじて電波が入っていたが、ここまでは届かないらしい。

本当だと困った顔つきになった斎藤に、伊月は慌てて言った。

「大丈夫です。少し横になっていれば治ると思いますので。すみません、キーお借りします」

カメラを中田に預け、伊月はもう一度すみませんと二人に謝ってその場を離れた。

(う……、どんどんひどくなるな、この頭痛)

途中立ち止まっては休みつつ、木の幹の目印を確認して来た道を戻る。だが、ズキズキと締め付けるようだった頭痛は時間を追うごとに強くなり、ガンガンと割れるような痛みを覚え始める。

「……っ、く……」

ついにくらくらと立ちくらみまでしてきて、伊月はたまらず立ち止まり、脇の木に手をついた。目を閉じ、荒い呼吸をどうにか落ち着けようとする。

(どうしてこんな……。前を向くってそう決めたはずなのに……)

この山に入る前まで体調に異変は特になかったし、今も熱っぽかったり、風邪っぽかったりはしない。おそらくこの頭痛は、精神的なものが原因だろう。

自分は思っていたよりもまだ過去に囚われているのだと痛感して、伊月は唇を嚙《か》んだ。

——過去のことは、もう分からなくてもいいと思っているなんて、嘘《うそ》だ。

本当は、知りたくてたまらない。

三ヶ月もの間、自分はどこでなにをしていたのか。

何故、いくら探してもあの円墳に辿りつけなかったのか。

あれ以来ずっと、胸にぽっかりと大きな穴が空いたような気がするのはどうしてなのか。

（父さんと母さんを助けられなかったから……？　本当に、それだけが理由なのか？）

あの夜、両親の無事を祈りながら、伊月は心のどこかで覚悟していた。

土砂降りの雨の中、土石流に呑まれた町はどこもかしこも滅茶苦茶で、惨《むご》い死をいくつも見た。自分の両親だけがあの惨状を免れて無事でいてくれるなんて、そんな奇跡を心の底から信じることはできなかった。

だから、両親の死を知らされた時も、ああやっぱりとどこかで思う自分がいた。家族を失った悲しみは確かに辛く耐え難かったけれど、知らない間に三ヶ月もの時が経っていたという混乱よりはまだ納得できるものだった。

——けれど、あれから十年経った今も、伊月の胸の奥は生々しく痛み続けている。

何故かは分からないけれど、深い絶望と後悔がずっと残り続けているような気がするのだ。

まるで、取り返しのつかない罪を犯したかのように。

（……オレは、知るのが怖い）

失った三ヶ月間の記憶を取り戻したい。だが、知ってしまうのが怖い。

自分の心に深く刻まれた喪失感の正体に向き合うのが、怖い――。

(……この山に来るのは、今回限りにしておこう)

幾度か深呼吸を繰り返して、伊月はどうにか自身の気持ちを落ち着けた。

十年経って、もう大丈夫だろうと思ってこの山に来たが、結局調査にもろくに参加することができなかった。やはりこの記憶は、取り戻すべきではないのだ。

自分の過去に向き合うのは、もうこれを最後にしよう。

そして、この調査から帰ったら、麻耶に改めて結婚してほしいと伝えよう。

大切な人と新しい家族を作れば、きっとこの気持ちにも区切りをつけられる――。

そう思った伊月は、顔を上げて再び歩き出そうとしたところで、小さく声をあげた。

「え……」

不意に、ぽつっと上から冷たい雫《しずく》が滴り落ちてきたのだ。まさかと思った次の瞬間、ザアッと滝のような雨が降り出す。

伊月は慌てて背負っていたリュックを前に抱え直すと、濡れないよう上着で覆った。

「……っ、なんでいきなり……」

先ほどまでよく晴れていたのに、通り雨だろうか。自分だけならまだしも、リュックには調査用の道具が入っている。大半は先ほど中田に預けてきたが、持ち帰ってきたものの中には精密機器もあるため、なるべく濡らしたくない。

（どこか、雨宿りできる場所は……）

間の悪いことに、ちょうど木々が疎《まば》らな場所を歩いていたため、雨を遮る木陰もない。

周囲を見回しつつ獣道を小走りに進んだ伊月は、大きな岩が見えてきてほっと息をついた。

（あの岩陰で雨宿りしよう）

急いで走り寄ったところで、伊月は驚いて目を見開いた。

「洞窟？　こんなところに……」

それはただの岩ではなく、洞窟の入り口だったのだ。

そっと中を覗《のぞ》き込んだ伊月は、スマホのライトで奥を照らして確認した。

「なにもいない……、よな？」

どうやらそう深い洞窟ではないようで、枯れ葉などは溜《た》まっているものの、生き物はいない。

伊月はほっとして、中に足を踏み入れた。

「助かった……。ええと、確かタオルが……」

リュックの中身が濡れていないかどうか確認しつつ、念のため入れておいたタオルでリュックの水気を拭《ふ》き取る。続いて頭や体をタオルで拭いて、伊月は岩の一つに腰かけた。

「先生たち、大丈夫かな」

まだズキズキと痛む頭に顔をしかめつつ、激しく降り続く雨を眺める。チラッと確認したスマホは電波が一本も立っておらず、どうやらここでも通話は不可能なようだった。

（雨がやんだら、先生たちのところに戻った方がいいかな……）

斎藤が一緒だし、あの古墳の周囲は大きな木が何本もあったから雨宿りできるだろうとは思うが、連絡手段がないため少し心配だ。それに、慣れない山道、しかも雨でぬかるんだ道を一人で進むのも危険だろう。

早く雨が上がらないだろうかと思いつつ、電波が入る様子のないスマホを見つめて伊月が小さくため息をついた、――その時だった。

カラ……、と小石が転がり落ちる音に振り返った次の刹那《せつな》、洞窟の天井がガラガラッと音を立てて崩れ出す。

「な……っ、……っ！」

目を見開いた伊月の頭に、ゴンッと重い衝撃が走る。

激痛に呻く間もなく倒れ込んだ伊月は、遠ざかる意識の中、ゆっくりと目を閉じた――。

二章

――満天の星空の下、女が笑う。

『お前の願いを聞き届けてやろう』

目の前の女の顔は、まるで靄《もや》がかかったようによく見えない。けれど何故か、慈悲深く微笑《ほほえ》んでいることは分かった。

（……誰、だ……？）

確かめたいのに体の自由がきかなくて、伊月《いつき》はもどかしさに呻く。しかし自分のその声も、どこか遠くに聞こえた。

女が、再び口を開く。

『その代わり……』

何事かを告げた女に、誰かがやめろと叫んだ気がして――、伊月はふっと、目を開けた。

「ん……」

「あ、気がつかれたぞ！」

「すぐに主《あるじ》を呼んでくる！」

「僕も行く！」

慌てたような声が三つ、近くで聞こえて、伊月は呻きながら身を起こす。

「ゆ、め……？」

先ほどのは、どうやら夢を見ていたらしい。随分長い間寝ていたのか、喉が少し痛い。

「ここ、は……？」

ケホ、と軽くせき込みながら、伊月は目を瞬《しばたた》かせて辺りを見回した。

（……どこだ、ここ）

——そこは、まったく見覚えのない場所だった。

どうやらベッドに寝ていたらしいが、自分の部屋のものではなく、天蓋《てんがい》がついている。その天蓋から垂れ下がる布の間から見える部屋も見たことのない洋室で、どこかのホテルのような立派な調度品が並んでいた。

（確か、急に雨が降ってきて……）

「っ、そうだ、洞窟が崩れて……！」

意識を失う前のことを思い出し、慌てて周囲を見回した伊月だったが、先ほどまでいたはずの洞窟はどこにも見当たらない。

「なんで……。だって確かに、オレはあの洞窟にいて……」

そうだ、さっき頭になにか当たったはずと思い出して後頭部を触ってみるが、特に変わった様子はなさそうだ。

「……どういうことだ？」

訝《いぶか》しんだ伊月のすぐそばで、聞き覚えのない声が上がる。

「それは、伊月様が今、魂の状態だからです」

「え……、……っ」

声のした方を見て、伊月はぎょっとした。

そこには、伊月の腰の高さくらいはありそうな体高のドーベルマンが一頭、前脚を揃《そろ》えて座っていたのだ。短い被毛は黒っぽい焦げ茶色で、よく見ると目が赤い。

「犬⁉　なんで犬が……」

今まで犬や猫を飼ったことはないが、動物は普通に好きだ。だが、相手が大型犬となるとやはり少し怖いし、目が赤い犬なんて初めて見る。

「よ……、よしよし、吼《ほ》えるなよ」

飛びかかられたらどうしよう、と及び腰になりつつ、犬は目を合わせない方がいいんだっけ、いやそれはネコ科だったか、と犬について持っている知識を総動員させていた伊月だったが、その時、不意にドーベルマンが口を開く。

「吼えたりなどしませんとも。私はただの犬ではなく、地獄の番犬ですから」

「……喋《しゃべ》った？」

目の前の出来事が信じられなくて、伊月はぽかんと口を開けてしまった。

犬が喋るわけがない。

喋るわけがないが、……今確かに、この犬は人の言葉を喋った。

（いや、喋る犬なんているわけないだろう）

あまりにも非現実的な出来事に、混乱するより先に冷静になって、伊月は眉を寄せた。

「……ああ、夢か」

喋る犬なんて現実にいるはずがないし、第一、自分はあの洞窟で落石に巻き込まれたはずだ。かすり傷一つしていないなんて、どう考えてもおかしい。

ということは、自分は洞窟が崩れた時に意識を失って、夢でも見ているのだろう。

（こうして夢を見ているってことは、一応生きてはいる、のか？　もしかして、生死の境を彷《さま》徨《よ》ってるとか……）

想像してぞっとしかけた伊月だったが、ドーベルマンはその赤い目でじっとこちらを見つめつつ、再度口を開く。

「夢ではありません。申し遅れましたが、私はケルベロス。ここは彷徨う魂が行き着く場所、冥府です」

「……は？　め、冥府？　彷徨う魂って……」

ドーベルマンの言葉に面食らって、伊月は何度も目を瞬かせた。

（夢だと思ってたけど……、まさかこれ、現実なのか？）

喋る犬なんて非現実的な存在、信じたくないし認めたくない。けれど、夢にしては意識も感覚もはっきりしているし、なにより自分はあの落石に巻き込まれている。

生死の境を彷徨って、その冥府とやらに迷い込んだというのなら、説明がつく――。

（い……、いやいや、どう考えたって、生死の境を彷徨っておかしな夢を見てるだけだろ）

もう一度冷静になろうと深呼吸した伊月だったが、そこで開きっぱなしだった部屋のドアから更に二頭のドーベルマンが入ってくる。

「呼んできたぞ」

「伊月様、まだ起きてる？」

現れたのは、最初のドーベルマンよりも体高が高く、スラリと細身な青い目の一頭と、まだ仔犬《こいぬ》なのか、他の二頭の半分くらいしかなさそうな黄色い目の一頭だった。

「……っ、増えた……」

夢か現実かもまだ測りかねているというのに、喋る犬が更に二頭も増えたことに打ちのめされて呻いた伊月をよそに、黄色い目の仔犬が駆け寄ってくる。

「あっ、よかった、まだ起きてた。気分はどう、伊月様？」

「…………」

短い尻尾《しっぽ》をぴこぴこ振りながら首を傾げる姿は、可愛いと思う。思うが、喋らないでほしい。犬なんだから。

「……やっぱりこれは、夢だ。夢なんだ」

そう自分に言い聞かせて、伊月はどうにか正気を保とうとした。——だが。

「夢じゃないよ！　現実だよ！」

「………………」

尻尾をぴこぴこさせながら、仔犬が無邪気に告げてくる。

思わずこめかみを押さえてしまった伊月だったが、その時、ドアの方から低く艶《つや》のある男の声が聞こえてきた。

「……気がついたか」

また喋る犬だろうか。今度はどんな目の色の、とうんざりしながら顔を上げて——、伊月は小さく息を呑む。

現れたのは、長身の美丈夫——、人間だった。

長い銀髪は腰まであるだろうか。まるでゲームに出てくる王様のような黒衣に身を包み、頭には銀細工の冠のようなものを被《かぶ》っている。

不思議な色の髪ではあったが、顔立ちは日本人のようで、涼やかな目元にスッと高い鼻、薄く形のいい唇と非常に整った、派手な衣装に引けを取らない美貌の持ち主だった。

格好が特殊すぎて年齢はよく分からないが、伊月と同じ二十代後半くらいだろうか。静謐だが堂々とした雰囲気で、少なくとも年下ということはないように思える。

目の色は、紫がかった黒だった。

（っていうか、あの衣装って……）

しげしげと男を眺めて、伊月はハタと気づく。

男が身にまとっている衣装は、自分が高校生の頃にハマっていたオンラインゲームのラスボスによく似ているのだ。細かいところは覚えていないが、確かあのラスボスも銀色の長い髪の美形だった。

しかも、よく見ればこの部屋の内装は、そのゲームの中に出てきた城の雰囲気に似ている。

（もしかしてここは、あのゲームの中……？）

自分は死にかけてゲームの中に迷い込んでしまったのだろうかと考えかけて、伊月はすぐに頭を振る。

（いや、あのゲームはもうとっくの昔に配信終了してる。それに、なんていうかこの人、顔は日本人っぽいし）

ゲームの中の死神は、もっと西洋風の顔立ちをしていた。この人は負けず劣らずの美形だが、あの死神とはまるで顔立ちが違う。

（……でも、じゃあなんであのゲームに似てるんだ？）

一体これは夢なのか、現実なのか。

ますます混乱が深まってしまった伊月に、男が問いかけてくる。

「……気分はどうだ」

「あ……、はい、なんともないです」

紡がれた低い美声に戸惑いつつ、伊月はとりあえず現状を把握しようと問いかけた。

「あの……、ここはどこですか？　オレは夢を見てるんでしょうか？」

「……夢ではない」

伊月をじっと見つめる男は、不機嫌そうに告げた。

「ここは、冥府だ。お前はあの落盤事故で命を落としかけた。今は魂だけの状態だ」

「……っ、魂って……」

男の言葉に、伊月は大きく目を瞠《みは》った。

突拍子もない話だし、本当にそんなことが起きるのかと信じがたい気持ちもあるけれど、それなら今、自分がかすり傷一つ負っていないのも納得がいく。

（オレ、やっぱり死にかけてるんだ……）

男の言葉に、ようやくこれが夢ではなく現実であることを受けとめて、伊月は顔を青ざめさせた。

「い……、命を落としかけたって……、それって、オレの体は今、どうなってるんですか？

オレ、まさかこのまま……、……っ」

恐怖のあまりその先を続けられず、愕然《がくぜん》と声を震わせた伊月に、男が躊躇うような表情を浮かべる。

「いや、それは……」

「……安心してくれ。貴方《あなた》の命は無事だ」

言葉を迷わせた男を遮ったのは、一際すらりと背の高い、青い目の犬だった。おい、と咎めるような声を上げる赤い目の犬を無視し、伊月をまっすぐ見つめて続ける。

「いきなりこんなところで目覚めて、混乱するなという方が無理な話だ。だが、貴方の命は無事だし、我々は貴方に危害を加えるつもりはない。まず、それは信じて安心してほしい」

「あ……、う、うん」

優しい声音に、伊月は思わず頷いていた。

(……なんかこの青い目の子、すごく頼もしいな)

口調もしっかりしているし、なにより伊月が今一番欲しい言葉を言ってくれた。

喋る犬なんてあり得ない、勘弁してほしいとばかり思っていたけれど、そうでもないのかもしれない。

「あの、ありがとう」

礼を言った伊月に、青い目の犬がパタリと尻尾を振ってみせる。

「いや、貴方の役に立てたなら嬉しい」

「……お前……」

「ずるーい！　僕も伊月様の役に立ちたいのに！」

咎めるように呻いた赤い目の犬に続いて、黄色い目の仔犬が騒ぎ立てる。

少し落ち着きを取り戻した伊月は、複雑そうな顔つきで自分たちのやりとりを見守っていた男に、改めて問いかけた。

「……あの、すみませんがオレ、洞窟で岩が落ちてきた後のことをなにも覚えてなくて……。あ、オレ、北浦《きたうら》伊月と言います。あなたは？」

「………………」

伊月の質問に、男はしばらく黙り込んだ後、じっとこちらを見据《みす》えて告げた。

「……俺の名は、ルイ。この冥府の王だ」

「ルイさん……。初めまして」

軽く頭を下げて、伊月は幾つか質問をした。

「それであの、冥府って一体なんなんですか？　死にかけているってことは、オレは生き返れるんでしょうか？　それに、この犬たちは……」

「僕たちは、地獄の番犬だよ！」

伊月のベッドに前脚をかけた黄色の目の一頭が、待ちかまえていたように弾んだ声で答える。

可愛らしい声にまったく似合わない単語に、伊月はおそるおそる聞き返した。

「じ……、地獄の番犬って？」

まじまじと仔犬を見つめながら問いかけた伊月に、仔犬がパッと顔を輝かせて答える。

「地獄の番犬は、地獄の番犬だよ！」

「ええと……」

答えになっていない答えに戸惑った伊月に、ルイが簡潔に説明する。

「この犬たちは、ケルベロスだ。この冥府で、地獄から悪霊が出てくるのを防ぐ役割を果たしている。冥府は、地獄と天国の狭間《はざま》にある世界だ。ここは、彷徨える魂が審判の時を待つための場所だ」

「……ケルベロス」

（それって確か、ギリシャ神話に出てくる犬だったたっけ……）

そういえば、先ほど思い出したオンラインゲームの中にも、ギリシャ神話のケルベロスをモチーフにしたモンスターが出てきた。一つの体に三つの頭を持つ巨大な犬のモンスターで、ゲーム仲間の友達と数人がかりで挑んで、やっと倒した覚えがある。

（確か、あのモンスターも、赤と青と黄色の目をしてた……）

やっぱりこの冥府という場所は、あのゲームにどことなく似ている。

伊月は懸命に頭の中を整理しつつ、再度男に尋ねてみた。

「……とりあえず、ここが冥府というところだということは分かりました。それで、オレを助けてくれたのは、ルイさんなんですか？」

「ああ、そうだ。とはいえ、お前があの事故に巻き込まれたのは、俺の責任でもある」

頷いたルイが、淡々と話し出す。

「俺はこの城にある水盤で、よく現世の様子を見ていてな。それで偶然、冥府から逃げ出した悪霊が、お前のいた洞窟で暴れているのに気づいたんだ」

「え……、じゃあ、あの落石は……」

「ああ。悪霊の仕業だ」

ため息をついたルイは、じっと伊月を見つめて詫びた。

「悪霊の監督は、冥府の王である俺の務めだ。……お前にはすまないことをした」

「……だから、ルイさんはオレを助けてくれたんですね」

冥府の王という立場がどういうものか、まだよく分かっていないが、それでも王というからには、この世界を統べる立場の人ということだろう。

そんな人が、何故一介の人間の死に関わったのかと思ったが、どうやら悪霊の暴走はルイの責任だからということらしい。

経緯が分かって納得した伊月をよそに、ケルベロスたちが口々にルイに言う。

「いいえ、ルイ様のせいではありません！」

「そうだ、そもそも悪霊の監督は我らケルベロスの領分。我らの責任だ。すまない、主」

「ごめんなさい、ルイ様！」

三角の耳をぺたんと寝かせ、口々に謝罪する犬たちに、ルイがきっぱりと言う。

「いや、お前たちのせいではない。この一件は、すべて俺に責任がある。だから謝るな」

「ルイ様……！」

キュウキュウと鼻を鳴らした三頭が、我先にとルイに頭を擦《こす》りつける。犬たちの頭を順番に撫《な》でてやるルイの手つきは優しく、その横顔も先ほどまでよりやわらかかった。

（……案外優しいところもあるんだ）

喋り方も淡々としているし、自分と話す時はあまり表情が変わらず、感情らしい感情が読みとれなかったから、てっきり人智を超えた神様に近い存在なのかと思ったが、人間の情のようなものはあるらしい。

自分に責任があると明言したり、謝るべき時はきちんと頭を下げたりしているところからも、そう悪い人ではなさそうな気配を感じる。

（ただ、表情はやっぱり硬いけ……、ど……）

「……っ」

じっとその横顔を見つめた伊月は、驚いて大きく息を呑んだ。

（——似てる）

長い睫毛の奥に潜む、紫がかった黒い瞳。

静謐な夜のように美しく孤独なその横顔は、伊月の記憶の中にある『誰か』の面影によく似ていた。

(誰かって……、そんなの麻耶《まや》さんに決まってるだろ。他に誰がいるって言うんだよ)

とはいえ、性差もあるし、二人は顔立ちそのものはまるで似ていない。ただ単に目を伏せる仕草が似ていただけかなと結論づけた伊月だったが、その時、ひとしきり犬たちを撫でたルイがこちらに向き直る。

やわらいでいた瞳の色が、またスッと元の冷たいものに戻ったのを見て、伊月は少し緊張を覚えつつ尋ねた。

「あの、それでオレの体は今どこにあるんですか？　魂だけの状態ってことは、まさか体はあの洞窟に……？」

自分の体は今、どこでどういう状態なのか。

まさか洞窟の瓦礫《がれき》の下なのかと青ざめた伊月だったが、ルイは首を横に振って言った。

「いや、お前の体もこの冥府に連れてきている。だが、大怪我《おおけが》を負っていたからな。今は治療中だ」

「大怪我……、ですか」

今はどこも痛くもなんともないが、自分は一体どこを怪我しているのだろう。

気になって、今は魂だという自分の体のあちこちを触ったり眺めたりしている伊月に、ルイが言う。

「後でケルベロスたちに案内させる。……が、少し日を空けた方がいい」

「ぐっちゃぐちゃだからね！」

ニコッと無邪気に尻尾を振りながら黄色い目の仔犬が付け足す。容赦ない一言に、伊月は思わず想像して呻いてしまった。

「……っ、ぐっちゃぐちゃ……」

「バカ！　お前はどうしてそうデリカシーがないんだ！」

「伊月、大丈夫だ。もう二、三日すれば、見ても平気なくらいには回復する」

他の二頭が必死に取りなすが、ということは今は見たら平気じゃないということか。

彼らの話が本当なのかどうか、自分の体を見るまでは信じられないと思っていたが、さすがにぐちゃぐちゃな自分は見たくない。

ますますげんなりしてしまった伊月に、ルイが告げた。

「かなり損傷が激しいから、完全に治すには一ヶ月はかかるだろう。治療が終わったら現世に戻してやるから、それまではここにいろ」

「一ヶ月も、ですか……」

死ななかっただけラッキーだし、体も元通り治療してくれて現世に戻してくれるというのだから言う通りにするしかないが、それでも一ヶ月もかかるのは困る。

（その間、オレは現世では行方不明ってことになるんだろうな……）

考えただけで気が重いとため息をついた伊月の足元に、犬たちが集まってくる。

「申し訳ありません、伊月様」

「だが、一ヶ月経てば元通りになる」

「そうだ、せっかくだからシッポつけてもらおうよ、僕たちとお揃いのやつ！」

「え!? いっ、いやいいよ、シッポは！」

とんでもないことを提案する仔犬に、伊月は仰天して頭を振る。

「そう？　残念だなあ」

「……その辺にしておけ」

首を傾げる仔犬をたしなめて、ルイが言った。

「悪いが、他にどうしようもない。お前にはこの冥府にいてもらう他ない」

「……分かりました」

じっとこちらを見つめて言うルイに、伊月は頷いた。

一ヶ月も元の世界に戻れないのは本当に困るし、その間どれだけ周囲に心配や迷惑をかけるだろうと思うと、腹立たしさも覚える。

だが、ここでルイに怒りをぶつけてどうなるものでもない。

冥府の王である彼の責任とはいえ、原因は悪霊の暴走ということだし、それに、彼が気づいてくれなければ伊月は死んでいたのだ。

命と引き替えなら、一ヶ月くらいなんでもない。

「一ヶ月、お世話になります」

頭を下げた伊月に、ルイが頷いて言う。

「ああ。だが、冥府で過ごすにあたって、お前にはいくつか守ってもらわなければならないことがある。まず、この城の外には出るな」

「城の外には、亡者たちがうろついております」

補足するように言ったのは、赤い目の犬だった。

「亡者とは、浮遊霊のことです。悪霊とは違って罪を犯してはいませんが、とても不安定で、いつ凶暴化して悪霊になるか分かりません。悪霊は生者に恨みを抱いている者がほとんどですから、伊月様に危害を加えようとするでしょう」

隣の青い目の犬も、重々しく頷いて言う。

「本来なら、悪霊化した亡者はすぐに地獄に送られるが、中には我々の目をすり抜けて現世に悪影響を及ぼす者もいる。……今回のようにな」

「地獄の門は、冥府のうんと端っこにあるんだよ！」

元気よく続けたのは、黄色い目の仔犬だった。

「悪霊化した亡者は自動的にそこに吸い込まれるんだけど、たまにしつこく冥府にしがみつく悪霊もいるの！　僕たちケルベロスのお仕事は、そういう悪霊を引っ剝《べ》がして地獄に送り込んだり、門から這《は》い出てくる悪霊を追い返すことなんだよ！」

「そ、そうなんだ」

吸い込まれるとか引っ剝がすとか、まるで掃除機のようだなと思いつつ相槌を打った伊月に、赤い目の犬が言う。

「とはいえ、地獄はここからとても離れております。城の中はルイ様の力で守られていますから、城壁の外に出ないようお気をつけ下されば安全です」

「……うん、分かった」

頷いた伊月に、ルイが淡々と続ける。

「二つ目は、水盤だ。お前も現世の様子が気になるだろうから、水盤で現世を見ることは別に構わない。後でケルベロスたちに案内させるが……、水面には絶対に触れるな」

「水面……、ですか？」

聞き返した伊月に頷いて、ルイが説明する。

「ああ、生者であるお前が水面に触れると、生気を吸い取られる可能性がある。消滅したくなければ、水面には触れるな」

「わ……、分かりました」

そんな危険なものに近づくのは怖いが、現世の様子は気になる。

少し離れたところから見るだけにしよう、と心に留めながら、伊月は尋ねた。

「守らなければいけないのは、その二つですか？」

「……いいや、もう一つある」

頭を振ったルイは、一瞬躊躇うように唇を結んだ後、低い声で告げた。

「俺には一切、関わるな」

「え……」

意外な言葉に目を瞬かせる伊月をじっと見据えて、ルイが言い渡す。

「俺は、死者の魂を束ねる冥府の王だ。本来、生者と関わり合うべき立場ではない。……お前の怪我の治療はするが、それ以外でお前と関わるつもりはない」

「そ……、うですか……。……分かりました」

きっぱりと拒絶されて戸惑いつつも、伊月は頷いた。

冥府の王なんて、きっともう一生、それこそ死ぬまでお目にかかれないだろうから、色々話を聞いてみたかったが、彼の立場もあるということだろう。

「……あの、この子たちとはお喋りしてもいいですか？　話し相手がいないと、さすがに一ヶ月はきついですし……」

ケルベロスたちを見やって聞いた伊月に、ルイが少し躊躇いつつも頷く。

「……好きにしろ。どのみち、現世に戻ればここで過ごした記憶は失われるからな」

「え……」

「後のことはケルベロスたちに聞け」

目を瞠る伊月をよそに、ルイが踵《きびす》を返して部屋から出ていく。その背を茫然《ぼうぜん》と見送って、伊月は呟《つぶや》いた。

「記憶が失われるって……。それって、まさか……」

「伊月様？」

立ちすくむ伊月を見上げて、犬たちが首を傾げる。視線に気づいた伊月は、躊躇いつつも言葉を呑み込んだ。

「……なんでもない」

（まさか、な）

頭をよぎった可能性に見ない振りをして、伊月はぎゅっと、拳《こぶし》を握りしめた——。


数日後。

照明の絞られた薄暗い部屋で、伊月《いつき》は台座に据《す》えられた大きな水盤を覗《のぞ》き込んでいた。

直径一メートルほどの水面はまるでモニターのように光っており、そこには髪の長い、若い女性の姿が映し出されている。

急ぎ足で大学の廊下を進む彼女を見つめて、水盤に片手を翳《かざ》した伊月は小さく唸《うな》った。

「麻耶《まや》さん……」

青ざめた恋人は少しやつれており、その顔には焦燥が浮かんでいる。言うまでもなく、伊月のことで心労が溜《た》まっているのだろう。

「オレのせいで、ごめん……。せめて、無事だって伝えられればいいんだけど……」

日に日に疲労の色が濃くなっていく恋人の姿に、申し訳なさが募る。

しかし、伊月が呟《つぶや》いた途端、傍らに控えていた黄色い目の仔犬《こいぬ》、山吹《やまぶき》が、きゅるんと小首を傾《かし》げて言った。

「現世に干渉したら、地獄行きだよ！」

「………うん」

相変わらず、可愛《かわい》い声と物騒な単語の温度差がすごい。

忠告ありがとうと苦笑して、伊月はしゃがみ込んで山吹の頭を撫《な》でた。

伊月が冥府に来て、数日が過ぎた。

あの日、ケルベロスたちに水盤の使い方を教わった伊月は、水面には触れないよう細心の注意を払いながら、毎日現世の様子を窺《うかが》っていた。

伊月が行方不明になった山では連日捜索が行われている。中田《なかた》も昨日まで斎藤《さいとう》と共に捜索に加わってくれており、今日は大学に戻ってきている様子だった。

（迷惑かけちゃってるよなあ）

調査も研究も放り出して自分の捜索をしてくれている二人を見るにつけ、申し訳なくてたまらなくなる。

麻耶も毎日思いつめた顔をしており、伊月は彼女に声も届けられない現状がもどかしくて仕方ない日々を送っていた。

（なんとか、心配しないで欲しいってことだけでも伝えたいけど……、でも、下手なことして現世に帰れなくなっても困るしな）

本当は、この不思議な水盤についても詳しく調べたい。

この水盤で現世の様子を見るには、水面に手を翳し、見たい人や場所を思い浮かべる必要があるが、それがどういう仕組みでそうなるのかさっぱり分からないし、不思議で仕方ない。

いつからここにあるのか、どういう力で動いているのか、何故《なぜ》思念を読み取ることができるのかと疑問は尽きないし、研究者魂が疼《うず》く。

だが、さしもの伊月も、水面に触れれば魂が消滅するとまで言われては、迂闊《うかつ》なことはできない。そもそも普段この部屋は鍵がかけられており、ケルベロスたちと一緒でなければ入ることができないため、不思議は不思議のままで終わりそうだった。

（冥府に来ることなんてそうそうないだろうし、たとえ最終的に記憶が失《な》くなるとしても知りたいことだらけなんだけどな……）

調べたいのは水盤についてだけではない。

昨日、伊月はようやく自分の体を見に行くことができた。傷口がひと通り塞《ふさ》がったと、ケルベロスたちが教えてくれたのだ。

案内された部屋に入ると、自分の体が透明な球状の水の膜のようなものに包まれて浮いていた。病院もないのにどうやって治療しているのかと不思議に思っていたが、どうやら冥府の王であるルイには、いわゆる魔法のような力が備わっているらしい。

目の前に自分の体が浮いているというのは、とても不思議な感覚だった。鏡に映る自分を見るのとはまるで違っていて現実味がなく、なんだか他人を見る時よりも他人のように思えてならなかった。

ぐっちゃぐちゃと言われていたので、一体どんな惨状かと恐れおののいていたが、ところどころ生々しい傷跡はあるものの、腕や足が千切れているといったようなスプラッタなことはなかった。だが、傷口は塞がったものの、骨折している箇所などもあるため、治療にはやはり時間がかかるようだ。

（まあ、痛い思いもせず怪我《けが》が治るんだから、ありがたい話だけど……、それにしてもあれ、どういう仕組みで治療してるんだろう）

あの水の膜なら調べてもいいだろうか、触っても死ぬようなことはなさそうだけれどと思いつつ水盤を見つめていた伊月だったが、その時、廊下を進んでいた彼女が、ある一室の前で足をとめる。

コンコンとノックしたその扉には、中田考古学研究室と書かれたプレートが下がっていた。

『失礼します。先生が戻られたと聞いて……。あの、伊月さんは……！』

青ざめた顔で聞いた彼女に、部屋の奥にいた中田が頭を振る。

『……まだ見つかってない。さっき斎藤くんにも連絡したが、なにも進展はないそうだ』

『そんな……』

肩を落とした麻耶に、中田が歩み寄って言う。

『諦《あきら》めちゃいけない。今もまだ、警察があの山を捜索してくれてる。僕も学長に報告次第、すぐ現地に戻るよ』

『私も行きます。館長にお願いして、しばらくお休みもいただいてきました』

最初からそのつもりだったのだろう。着替えなどを詰め込んでいるらしきリュックを背負っている麻耶に、中田が頷《うなず》く。

『ああ、一緒に行こう』

連れ立って研究室を後にする二人の姿を最後に、水面が揺らぎ、光が消えていく。なにも映さなくなった水盤から離れて、伊月は山吹の横にしゃがみ込んだ。

「付き添ってくれてありがとう、山吹」

顔をわしゃわしゃと両手で掻《か》いてやると、山吹がきゃっきゃと喜び、ごろんとその場に仰向けになる。

「んふふ、くすぐったい！　伊月様、もっとやって！」

無邪気な山吹に頬をゆるめて、伊月は丸出しのおなかをわしゃわしゃしてやった。

彼に山吹という名を付けたのは、伊月だ。聞けば彼らはこれまでルイから、三頭まとめてケルベロスと呼ばれていたらしい。それでは混乱するからと、伊月は彼らを目の色にちなんで、紅《くれない》、浅葱《あさぎ》、山吹と呼ぶことにした。

ギリシャ神話に出てくるケルベロスに和風の名前なんて変だろうかとも思ったが、ルイの顔立ちも日本人にしか見えなかったし、なにより三頭にこういう名前はどうかと聞いたところ、尻尾をちぎれんばかりに振って喜んでくれたのだ。

三頭のケルベロスたちは、それぞれ個性的な性格をしていた。赤い目の紅はまとめ役で、真面目で責任感の強い性格をしている。スラッと細身の浅葱は口数は少ないが穏やかで頼もしく、小さな山吹は元気な甘えん坊だ。

彼らは毎日日替わりで伊月のそばについていてくれて、城の中を案内したり、身の回りの世話をしてくれたりしていた。

伊月は今、魂の状態のため、食事や排泄《はいせつ》、睡眠といった生理的欲求がない。それでも習慣で食事をしないと落ち着かないため、実体のない料理を用意してもらったり、夜は寝床で体を休めたりしていた。

（実体のない料理って言っても、味はちゃんとするんだよな……。あれ、どうやって出してるんだろう）

一度山吹に聞いてみたが、「頑張ってる！」という答えしか返ってこなかった。人選ならぬ犬選を間違えたかもしれない。

今度改めて紅か浅葱に聞いてみようかなと思っていると、ひとしきり伊月に構われて満足したらしい山吹が身を起こして言う。

「はー、伊月様のわしゃわしゃ最高！　ルイ様は最近してくれないんだもん」

「え、前はしてたの？」

あのルイが、と少し驚いて聞いた伊月に、山吹が頷く。

「うん！　でも最近は浮遊霊が多くて、お仕事が忙しいみたい！　ほっとくと悪霊化しちゃうからね！」

ピンクの舌を出したまま、山吹がニパッと笑って言う。

「ルイ様、すっごく優しいんだよ！　子供の浮遊霊が成仏できない時とか、満足するまで遊んであげるの！」

「へぇ。それは確かに優しいね」

いいとこあるんだな、と感心しかけた伊月だが、続く山吹の言葉に困惑してしまう。

「でもルイ様、将棋も花札も激弱で、いっつも僕たちに負けてるけどね！」

「そ、そうなんだ」

「マリカーも激弱！」

「……そうなんだ……」

某配管工のおじさんが車でレースするゲームを挙げられて、伊月は思わず唸ってしまった。

ゲームが激弱な冥府の王とは。いやそもそも、冥府の王とゲームという組み合わせがまるで嚙《か》み合っていないが。

（っていうか、山吹たちってどうやってゲームやるんだろう……）

喋《しゃべ》るだけでなくゲームまでするとは、もはや犬ではない。いや、彼らは正確には犬ではなくケルベロスだが。

「……今度、オレも一緒に遊んでもいい？」

「もちろん！　今やる？　すぐやる？」

大喜びで立ち上がった山吹が、ぴゅっと部屋を出る。

「伊月様、こっち！　こっちだよ！」

「はいはい」

興奮に目を輝かせ、早く早くと促す末っ子に苦笑しながら、伊月はその後に続いた。

（でも、ゲームか。将棋とか花札もあるってことは、やっぱり……）

昨日、紅から聞いた話を思い返して、伊月は考えを巡らせた。

――そもそも冥府の王は神ではなく、元は人間だった者がなるものらしい。

どうやら王は数百年単位で代替わりしており、生前巫女《みこ》や神官だった人間が選ばれることがほとんどだということだった。冥府では亡くなった時の姿ではなく、その人が一番充実していた年齢の外見になるため、見た目は若者でも中身はそうとは限らないそうだ。

そしてこの冥府は、王となった者の概念を具現化して造られている。この世界全体が、冥府の王の中にあるイメージや、生前の知識を元に構成されているのだ。

（庭から見たこの城は、やっぱりあのゲームに出てくるラスボスの城そっくりだった。将棋や花札といい、ルイさんがあのゲームを知っている日本人なのは間違いない……）

紅は、ルイは三年前に代替わりしたばかりの新しい冥府の王だと言っていた。ということは、ルイは三年前に亡くなった日本人なのだろう。

（だとしたら、色々話をしてみたい、んだけど……）

ふうとため息をついて、伊月は歩きながら軽く天井を仰いだ。

初日に自分には関わるなと言い渡して以来、ルイは伊月の前に姿を現していない。

遠目に庭を歩いているのを見かけることはあっても、面と向かって言葉を交わしたのは最初の一度きりだった。

ケルベロスたちに聞いた話では、彼は早朝から夜遅くまで城の外に出ているらしい。

冥府には、毎日多くの魂が迷い込んでくる。浮遊霊となって漂っている彼らは、放っておくと悪霊化して現世へ悪影響を及ぼすこともあるため、ルイは日々冥府を歩き回り、彼らを成仏させてやっているのだそうだ。

大概は天国へと送り出してやれるようだが、中には地獄へ落とさなければならない魂もあり、ルイはその振るい分けも担っているらしい。最近は疫病や争いなどで亡くなる人間が多く、休む暇もないとのことだった。

とはいえ、伊月が来る前は、彼も食事や睡眠を取っていたらしい。冥府の王である彼もまた生理的な欲求とは無縁なようだが、王になって三年と浅いこともあって、まだ人間だった時の習慣が残っているのだろう。

だが、伊月が城で過ごすようになってから、ルイは城に寄りつかなくなったと、紅たちは言っていた。

『ルイ様、伊月様のこと嫌いなのかな?』

『馬鹿！　なんてことを言うんだ、山吹！　伊月様、どうかお気になさらず……！』

『ああ。そんなことは絶対にないから、気にしないでくれ』

歯に衣《きぬ》着せぬ山吹に、紅も浅葱も焦ってフォローしてくれたが、正直伊月もそう思う。

冥府の王として、生きている人間に関わってはいけないという決まりがあるというのは分かる。分かるが、今までの自分の習慣を曲げてまで徹底的に避けるというのは、決まり以上のなにかがあるから――、伊月を嫌っているからとしか思えない。

（でも、ルイとはこの間会ったのが初めてだし、なにかした覚えもないいんだよな……）

伊月の知り合いで、三年前に亡くなった人はいない。ルイという名前に聞き覚えもないし、そもそももしあんな美形に会っていたら、たとえ同性でも絶対に覚えているだろう。

記憶にないということは、一方的にルイが伊月のことを知っていてなにかわだかまりがあるか――、もしくは自分が冥府に来たことがあって、その時にルイとなにかあったか、だ。

（……もしオレがここに来たことがあるとすれば、それは十年前のあの神隠しの時だろう。でも、ルイが代替わりしたのは三年前だ。オレが十年前に冥府に来ていたとしても、その時ルイはまだ生きていたはずだ）

どうしても、自分とルイとの接点が見つからない。

やはり初日に会った時、気づかないうちになにかしてしまったのだろうかと考えていたところで、前を歩いていた山吹が足をとめる。

「ここ！　いつも皆でゲームするとこだよ！　入って入って！」

短い尻尾をぴこぴこ振りつつ、山吹が器用に後ろ脚で立ち上がり、前脚で引き戸を開ける。

（珍しいな。この城の部屋、どこも取っ手のあるドアばかりなのに……）

山吹に手を貸しつつ、案内された部屋に足を踏み入れた伊月は次の瞬間、目を瞠《みは》った。

「……っ、ここ……」

その部屋は、畳敷きの和室だったのだ。しかも。

（……この部屋、似てる）

部屋の中央に置かれた座卓に、少し古い形のテレビ。壁の振り子時計も、記憶の中のものとそっくり同じだ。

十年前、伊月の家の隣にあった、佐伯《さえき》の家の居間に——。

茫然《ぼうぜん》とする伊月をよそに、山吹が声を弾ませる。

「靴は入り口で脱いでね！　僕、紅たち呼んでくる！」

まくし立てた山吹が、ぴゅーっとどこかへ行ってしまう。

伊月はしばらくじっと部屋を眺めた後、おそるおそる入り口のマットの上で靴を脱いでその部屋に入った。

（よくある昭和の日本の居間、だけど……）

裏にヒーターが付いた、冬場はコタツになる座卓。本棚代わりのカラーボックスには懐かしいタッチの少年漫画が並び、上には折り畳みの将棋盤やトランプなども置かれている。

色あせた座布団に、十年以上前の型の旧《ふる》いゲーム機。

特に変わったところはない、なんの変哲もない和室だ。

けれど伊月にはここは、あの夜に失った懐かしい故郷の風景にしか見えない。

ここは伊月が十年前までよく入り浸って遊んでいた、隣家の居間だ――。

「なんで……、なんで、この城に佐伯さんの家の居間が……？」

偶然にしては、あまりにも酷似しすぎている。なにしろ、振り子時計の装飾の一部が欠けているところまでそっくり同じなのだ。

（ルイさん、もしかしてオレと同じ町の出身なのか……？　でも、ルイなんて名前の人、覚えてないけど……）

冥府にあるものはすべて、ルイの概念から生み出されている。とすればこの部屋もまた、ルイの記憶の中にあるからこそ、存在しているはずだ。

自分が知らないだけで、彼と自分は同郷なのだろうか。それとも、昔教師だった佐伯の元教え子で、過去に佐伯の家を訪れたことがあるのかもしれない。

「……駄目だ。やっぱり、ルイさんに直接聞かないとなにも分からない」

しばらく考え込んだ伊月は、結局ため息をついて思考を放棄した。

仕方がない。考古学だって、結論を出すには幾つもの研究結果が必要なのだ。憶測だけで答えを出すのは、研究者として絶対にやってはいけないタブーだ。

（……佐伯さんの家だと、こっちは縁側だったな）

建物の構造上、縁側まで再現はできなかったのか、普通の窓があるだけの奥の壁に歩み寄って、伊月は外を見つめた。

ここへ来て数日、冥府はいつも曇り空だ。夜は毎晩よく晴れ、美しい星空が広がるが、昼間はほとんど曇天らしい。

生き物のいない冥府は、空を覆う厚い雲と相まって、とても静かな世界だった。

この世界がルイの概念で構築されているのなら、彼の心はずっとこの空のようにはっきりしない、重苦しいものなのだろうか。

だとすると、彼は一体なにを思い悩んでいるのだろう――。

「……オレは十年前、ここに来たことがあるんだろうか」

呟いて、伊月はゆっくり流れる雲を見つめた。

――現世に戻ると冥府での記憶は失われると聞いたあの日、伊月が真っ先に考えたのは、十年前に自分がここに来た可能性があるのではということだった。あの土砂災害の夜から三ヶ月間の記憶がないのは、冥府に来たからではないかと思ったのだ。

だが、今まで思い出すことを恐れていた記憶と向き合うには、相応の覚悟が要る。

数日思い悩んだ末、伊月は昨日紅に、自分は十年前ここに来たことがあるのではないかと質問してみた。容易には教えてもらえないかもしれないが、それでも反応などがあれば手がかりが摑《つか》めるのではないかと思ったのだ。

しかし紅は困った顔で、自分たちには三年前からの記憶しかないのだと言った。

『この世界同様、我々ケルベロスも冥府の王の力の一部が具現化されたものです。代替わりの度に新しい王によって作り出されますから、三年前にルイ様が冥府の王となられてからのことしか知らないのです』

申し訳ありませんと謝る紅は、生者である伊月には真実を告げられないからそう言っているようには見えなかった。

（……神隠しの真相が分かるかもしれないって思ったんだけどな）

覚悟を決めて聞いただけに、正直肩すかしをくらったようで落胆はしている。だが、ここで諦めるわけにはいかない。

今までずっと、十年前になにがあったか思い出すことを恐れていた。

けれど、この機会を逃せば、きっともう一生知ることはできないだろう。

だとしたら、自分はここで向き合わなければならない。

たとえ現世に戻れば忘れてしまうとしても、知らなければならない。

十年前、自分はここにいたのか。

三ヶ月間、一体なにをしていたのか。

（紅たちは知らないみたいだけど、ルイさんは前の冥府の王のことを知っているかもしれない。彼から前に王だった人のことを聞けたら、なにか思い出せるんじゃないだろうか）

ルイには関わるなと言われたけれど、それでもどうしても失った記憶を取り戻したい。

心の奥深くに刻まれた、この強い喪失感の正体を知りたい――。

「っていっても、肝心のルイさんに避けられてるんじゃ、どうしようもないけど……」

姿を現さないとなると、どうしたらいいか分からない。

いっそケルベロスたちに頼んで、ルイの部屋の前で帰ってくるのを待ってみようか。一応深夜に城に帰ってきてはいるようだしと思った伊月だったが、その時、眼下の庭を横切る人影に気づく。

「……っ、ルイさん！　あの、ちょっと！」

息を呑《の》んだ伊月は、そちらに向かって何度も大きく手を振った。

しかし、ルイはこちらに気づく様子はなく、庭の奥へと歩いていってしまう。その行く手には、大きな森があった。

(今なら追いかければ間に合うかも……！)

城の外に出るなとは言われているが、庭はもう何度もケルベロスたちと一緒に散策している。あの森に入ったことはないが、城壁の外に出なければ問題ないだろう。

伊月は大広間を飛び出すと、長い廊下を走った。途中、紅と浅葱を連れてこちらに向かってきた山吹と行きあう。

「伊月様？　えっ、どこ行くの⁉」

「ルイさんのところ！　庭にいたから、少し話してくる！」

早くしなければ、見失ってしまうかもしれない。すぐ戻るからと山吹に言って、伊月は階段を駆け下り、庭に出た。

「ルイさん！　待って下さい！」

もう随分遠くなった背は、ちょうど森に入っていくところだった。

庭を突っ切った伊月は、ルイを追いかけて鬱蒼《うっそう》とした小径《こみち》に足を踏み入れる。

「うわ、暗……」

曇り空と相まって小径はかなり暗く、視界が悪かった。

足元に注意しつつ、奥へと続く一本道を急ぎ足で進んでいた伊月だが、ほどなくして道が二手に分かれてしまう。

「……っ、どっちに行ったんだろう……。……ルイさーん！　いませんか、ルイさん！」

気づいてもらえないだろうかと声を張り上げてみるが、左右どちらの道からも答える声は聞こえてこない。

「……右！」

迷っている時間も惜しいと、伊月はなるべく開けていそうな道をさっさと選び、ずんずんと進み出した。

「ルイさん！　どこですか、ルイさん！」

しかし、呼びかけつつ周囲を見回すが、ルイの姿はどこにも見当たらない。おまけに。

「うわ、霧？　足元全然見えないいな……」

いつの間にか辺りはすっかり霧に覆われており、ますます視界が悪くなっていた。気がつけば道も細くなってきており、さすがに不安を覚え始める。

「もしかして向こうの道だったかな……。一回戻った方がいいかな」

冥府に動物や昆虫はいないという話だったから、森の中でもなにかに襲われる危険はないだろうが、迷って出られなくなってしまったら困る。

もう少しだけ先に進んで、ルイの姿がなかったら引き返そう。

そう思いながら霧の中を数歩進んだその時、突如目の前の霧がサアッと晴れたかと思うと、開けた場所に出る。

ようやく明るいところに出られてほっとしかけた伊月は、思わず小さく息を呑んだ。

「……っ、これって……」

――そこにあったのは、小さな円墳だった。

こんもりと円形に盛られた土の上に積み上げられた、苔生《こけむ》した石。

規模こそ小さいが、確かに人の手によって思いを込めて造られた、死者を埋葬するための古墳――。

「これ……、まさか、あの時の……？」

目の前の光景が信じられなくて、伊月は幾度も瞬きを繰り返した。しかし、何度見ても十年前、記憶を失う直前に見たあの古墳のように思える。

「なんで、ここにあの古墳が……」

本当にあの古墳なのだろうかと辺りを見回してみるが、さすがに記憶が遠すぎて確実にそうだと断定できない。

なにか手がかりがないかと思って、伊月はハッとした。

「っ、そうだ、携帯……！」

あの時確か、自分は古墳の前で携帯を失くしている。もしここがあの古墳なら、まだあの携帯がどこかに落ちていないだろうか。

伊月は慌てて身を屈《かが》め、周囲の地面を探した。だが、どこにもそれらしきものは見当たらない。

（さすがに十年も前じゃ、あるわけないか……）

確かあの時失くした携帯には、修学旅行の時に買ったストラップを付けていた。ご当地のゆるキャラのマスコットで、お気に入りだった覚えがある。

（風で飛ぶようなものじゃないし、ここには獣もいないから、誰かが持ち去ったとか……）

可能性があるとしたら、前の冥府の王だろうか。だとしたら、もうとっくにゴミとして廃棄されているかもしれない。

（一応、ルイさんやケルベロスたちに聞いてみよう。もしかしたら、なにか知ってるかもしれないし）

そう思いつつ、伊月は腰を上げた。

携帯が見つからなかった以上、はっきりと断言はできないが、それでもこの円墳は十年前に見たものと同じもののような気がしてならない。もしかしたらここは、現世と繋《つな》がっている場所なのではないだろうか。

十年前、自分はやはり冥府に来たことがあったのではないか。

小さな円墳を見据え、伊月が唇を引き結んだ、――その時だった。

「……おお、誰かと思ったら伊月じゃねぇか」

「っ⁉」

突然、背後から男が声をかけてくる。振り返った伊月は、ひょろりと背の高い、快活な笑みを浮かべる三十代くらいの男に戸惑った。

「えっと……」

果たしてこの人は誰なのか。

どうやら自分を知っている様子だが、まるで見覚えはない。

第一彼は冥府にいる人なのか、もしくはここが本当に現世と繋がっていて、現世から迷い込んだ人間なのか。

咄嗟《とっさ》に判断がつかず、どう声をかけたらいいか迷った伊月だったが、男はなにやらおかしそうに笑って言う。

「ああそうか、この姿じゃ分からねぇか」

「この姿……？」

男の言葉に首を傾げた伊月は、しかし次の瞬間、これ以上ないほど目を瞠った。

「……っ！」

まるで早送りのように、みるみるうちに目の前の男が老いていくのだ。

皺《しわ》や白髪が増えるにつれ、男は見覚えのある人物へと変貌していって――。

「佐伯のおじいちゃん⁉」

「久しぶりだなあ、伊月」

ニカッと笑ったのは、あの土砂災害以来行方不明となっている隣家の佐伯だった。

「……っ、どうして……」

「いやあ、実はあの夜、裏山の畑の様子が気になって、つい見に行っちまってな。あっという間に土砂に流されて、気がついたらここにいたってわけだ。どうやら遺体が見つかってないから、成仏できないらしくてな」

こっちの姿は疲れるなあ、目がショボショボすら、とぼやいた佐伯が、瞬く間に若い男の姿に戻る。おそらくこの姿が、佐伯にとって『一番充実していた年齢の外見』なのだろう。

ケルベロスたちから聞いていたとはいえ、実際に目の前で見た目がこうまで変わると混乱する。ましてや相手は、高齢になってからの姿しか知らなかった佐伯だ。

ちゃんと足がある、と佐伯の全身をしげしげ眺めて、伊月は呟いた。

「佐伯のおじいちゃん、若い時はこんな男前だったんですね……」

「そうだろう？　だからジジイ呼びはやめてくれよ、伊月」

「あ……、すみません」

確かに、今の佐伯に『おじいちゃん』は似合わない。慌てて謝った伊月に、佐伯がカラリと笑って聞いてくる。

「いいってことよ。で、伊月はなんでまた冥府なんぞにいるんだ？　見たとこお前、まだ死んでないだろう」

「分かるんですか？」

確かに自分は死んではいないが、見た目で分かるものなのか。驚いた伊月に、佐伯が肩をすくめて言う。

「ま、こんだけ長く浮遊霊やってればな。それでお前、まさかとは思うがあいつに無理矢理連れてこられたんじゃ……」

「え……」

心配そうに聞いてくる佐伯に、伊月があいつって、と聞き返そうとした、次の瞬間。

「っ、伊月！」

木々の向こうから、鋭い声が飛んでくる。声の方向を見やった伊月は、目を瞬《しばた》かせた。

「ルイさん？」

　ガサガサと茂みをかき分け、血相を変えてこちらに駆け寄ってくるのは、先ほどまで伊月が探していたルイだった。その見事な銀髪や、重厚な長衣のあちこちに枝や葉がくっついてしまっている。

（え……、なんだなんだ）

　あまりの慌てように驚いた伊月だったが、ルイは茂みから飛び出してくるなり、伊月の両肩をがしりと摑んで言う。

「……っ、伊月、彼の言うことは全部嘘《うそ》だ！」

「……えっと」

「なにを聞いたか知らないが、全部忘れて……」

　必死の形相で言うルイに、佐伯が呆《あき》れたように告げた。

「まだなんも言ってねぇよ、ルイ」

「…………」

　無言で佐伯を睨《にら》んだルイが、何故か伊月を自分の胸元にぎゅっと抱きしめる。

（えっ⁉　なに⁉　なんだ⁉）

　面食らって硬直する伊月の頭をそっと抱え込んで、ルイが呻《うめ》く。

「無事でよかった。一人で森に向かったと聞いて、生きた心地がしなかった……」

「……っ」

どうやらルイは、山吹に聞いて追いかけてきたらしい。彼を追いかけてきたつもりだったのだが、いつの間に逆転したのだろう。

(だとしても、なんでこんな……)

長い指を髪に差し入れられる感触に、伊月は混乱しつつもカアッと頬に朱を上らせた。

こんな親密な触れ方、もうずっと誰にもされていない。

最後にされたのは、確か——。

(あれ……？)

記憶を辿《たど》りかけて、伊月はかすかな違和感を覚える。

こんなふうに誰かに抱きしめられたのは、覚えている限り、子供の頃に両親にされたのが最後だ。——最後の、はずだ。

だが、なにかが違う気がする。

もう少し今に近い過去、誰かにこうして抱きしめられたことがあるような気がする——。

(いつ……、誰にだ……？)

ふっと考え込みかけた伊月だったが、その時、伊月を抱きしめたままのルイが佐伯に向かって低く唸る。

「……伊月に近づかないで下さい」

「おいおい、随分だな。ま、今日のところは引き下がってやるよ。冥王様に逆らって消滅させられちゃ敵《かな》わねぇからな」

肩をすくめた佐伯が、伊月に声をかけてくる。

「じゃあな、伊月。またそのうち会いにくる」

「二度と現れるな……！」

カッと目を見開いて激昂《げきこう》したルイに、佐伯が苦笑を浮かべる。と、その姿がスウッと薄くなり始めた。

「っ、佐伯さん！」

まさか成仏するのかと慌てた伊月だったが、どうやらそうではないらしい。またなあ、とのんびり手を振って、佐伯が見えなくなる。

（そういえば、遺体が見つかってないから成仏できないって言ってたっけ……）

とすると、今のはただ単にどこかに移動しただけということだろう。

また会えるだろうかと思いつつ、伊月は自分を強く抱きしめたまま、佐伯の消えた方をじっと睨み続けているルイに声をかけた。

「あの……」

「っ！」

伊月の声にハッとしたルイが、パッと身を離す。

「……すまない」

「いえ……」

（あ……）

答えながらも、伊月の視線は目を伏せたルイの横顔に吸い寄せられていた。

（……まただ）

ふっと下に落とされた、寂しげな視線。

紫がかった黒い瞳に影を落とす、長い睫毛《まつげ》。

静謐《せいひつ》な夜のように美しく、孤独な横顔――。

（似てる……、『誰か』に）

初めて彼に会った時に覚えた強烈な既視感を再び覚えて、伊月はぐっと目を眇《すが》めた。

頭では『誰か』もなにもない、恋人の麻耶に決まっているだろうと思うのに、心のどこかが違うと叫ぶ。

彼が似ているのは、麻耶ではない。

彼女はこんなにも苦しげな顔はしない。

（でも……、でもじゃあ、誰だ？）

覚えてもいない誰かに似ていると思うなんて、単なる気のせいかもしれない。

けれど、寂しげな横顔を見ていると、無性に思い出さなくてはと焦燥感に駆られる。

自分にとってその『誰か』はとても、――誰よりも、大切な人な気がする。

思い出さなければならない人のような気がする――。

「伊月？」

「あ……」

考え込んでいた伊月は、ルイに声をかけられてハッと我に返った。訝《いぶか》しげな視線に、なんでもないですと慌てて頭を振って、気になっていたことを聞いてみる。

「……あの、実はさっき、山吹にある部屋に案内してもらったんです。ゲーム機が置いてある、和室に」

「…………」

「この世界にあるものは、ルイさんの概念から作り出されているんですよね？　ルイさんはあの部屋を、佐伯さんの家を、どうして知っているんですか？」

先ほどのやりとりを見ている限り、ルイは明らかに佐伯と知り合いの様子だった。

だが、佐伯は浮遊霊だ。冥府の王であるルイが彼を成仏させせないのは、佐伯が昔の知り合いだからなのではないだろうか。

「実はオレ、昔佐伯さんの家の隣に住んでいたんです。もしかしてルイさんは生前、オレのこと……」

「……お前のことなど、知るわけがないだろう」

衣についた葉をパッと払いながら、ルイが素っ気なく言う。

「あの部屋は、この冥府であの男と知り合ってから作ったものだ。あの男の中にある記憶を具現化したまでのこと」

「……っ、じゃあ、どうしてルイさんは佐伯さんを成仏させないんですか？　生きていた頃に知り合いだったから、それで……っ」

到底納得のできないルイの言葉に、思わず食い下がった伊月だったが、ルイはじろりとこちらを睨むと冷たい声で告げる。

「……お前には関係ない。それより、ここにはもう来るな」

「………」

一方的な物言いに、伊月はムッとしてルイに聞き返した。

「……どうしてですか？」

「言っただろう。危険だからだ」

「でも、ここは城壁の中です」

城の外には、恨みつらみを抱えて命を落とした亡者がうろついており、生者である伊月には危険だ。それは初日に説明されたから分かる。

だが、ここは城の庭にある森だ。それに。

「オレ、もしかしたらここに来たことがあるかもしれないんです。多分、十年前に」

そっと片膝をついて、伊月は円墳を眺めた。

朧気《おぼろげ》な記憶だが、大きさも形も、覚えているものと一致している。

やはり自分は、十年前にここに来ていたはずだ。

「十年前、オレは佐伯さんと同じ土砂災害に遭っているんです。それでその夜、この円墳と同じものを見ました。でも、その直後から三ヶ月間の記憶がないんです」

「…………」

「ずっと、神隠しに遭ったんだって言われていました。オレはその間の記憶を取り戻すのが怖かった。どうしてだか分からないけど、大切ななにかを失ったような気がして、知るのが怖かったんです。でも、もし十年前、ここに来たことがあるのなら、やっぱり知りたい」

伊月は立ち上がると、ルイを見上げた。紫がかった黒い瞳をじっと見つめて問いかける。

「教えて下さい、ルイさん。オレはここに来たことがあるんですか？　あなたがオレにこの場所に来るなって言うのは、それが理由ですか？」

「っ、伊月……」

「あなたはもしかして、オレのことを知っているんじゃないですか？」

ルイが新しく冥府の王となったのは、三年前だ。

だから、彼と自分との間に接点がある可能性は低い。

けれど、あれほど執拗《しつよう》に自分を避けていたというのに、先ほど彼は自分を心配して追いかけてきた様子だった。佐伯やこの場所から伊月を遠ざけようとしているのも、なにかあるような気がしてならない。

「答えて下さい、ルイさん」

「……っ」

まっすぐ見据えて迫った伊月に、ルイがぐっと眉根を寄せて一歩後ずさる。

もう一押し、と思った伊月だったが、寸前でルイはくるりと踵《きびす》を返してしまった。

「……お前の疑問にいちいち答えてやる義理はない」

そう言うなり、ルイの姿が霞《かす》み始める。

「ちょ……っ」

「城に戻れ。ここにはもう来るな」

先ほどの佐伯と同じようにスウッと薄くなっていくルイに、伊月は思わず叫んだ。

「っ、逃げるなよ！　卑怯《ひきょう》だろ！」

しかし、ルイはそのまま姿を消してしまう。

一人ぽつんと残されてしまった伊月は、ルイの消えた辺りを見据えて文句を言った。

「いくらなんでも一方的過ぎるだろ……。しかも、どうやって帰れって言うんだよ」

こんなところに置き去りにされてどうしよう。道が分かるだろうかと途方に暮れかけた伊月だったが、その時、少し離れたところに青い花が光っているのに気づく。花は点々と続いており、どうやら森の出口までの道しるべになっているようだった。

「これ、もしかして……」

さっき来た時にはこんな花はなかったから、おそらくルイの仕業だろう。伊月が迷わず城に帰れるよう、先ほどの一瞬で魔法のようなものを使ってくれたに違いない。

「……悪い奴《やつ》じゃなさそうなんだよなあ」

いちいち一方的だし、尊大だし、なにか隠してもいるようだけれど、少なくともルイは伊月を心配してくれているし、守ろうとしてくれている。

どうしてかは分からないけど、と小さくため息をついて、伊月は一度円墳を振り返った。

「また、来るから」

ずっと向き合うことを恐れつつも、知りたいと願っていた過去の手がかりが、やっと見つかったのだ。そう簡単に諦めるわけにはいかない。

（……こうなったら、あいつから話を聞き出せるまで、本当に部屋の前で待ち構えてやる）

戻ったら早速山吹に案内してもらおうと心に決めつつ、伊月は風に揺れる小さな青い花を頼りに歩き出した――。

◆

──息をひそめるようにして、生きていた。

それが変わったのは、雪の降り積もった真冬のあの日。五歳の時だった。

『そんなとこでなにしてんの？』

真っ白な雪で、道路と敷地の境目が曖昧《あいまい》になったからだろう。庭に迷い込んできた彼は、縁側で毛布をかぶっているおれを見つけるなりそう聞いてきた。

おれはと言えば、突然現れた彼にただただびっくりして、目を丸くしていた。

『……雪、見てる』

ここに来たのは、半年前。

地方議員の「あいじん」の子だったおれは、子供のいない「ほんさい」の息子になった。

しょっちゅうおれをぶったり、タバコの火を押しつけたりしては「あんたがいるせいでろくな男が捕まらない」と泣きわめいていた母さんは大金を手にして嬉《うれ》しそうで、その時初めて、「あんたを産んでよかった」と言ってくれた。

幼かったおれはそれが嬉しくて、だから母さんのために この家の子供になるんだと思った。

でも、「ほんさい」は決しておれを息子だと認めなかった。

あの人にとっておれは、憎い女の血を引く子供で、劣等感を煽《あお》る存在で、自分の立場を脅かす敵だった。「ちちおや」は誰よりもおれに無関心で、この先跡取りが産まれなかった時のための保険でしかなかった。

おれは、屋敷の端にある離れで暮らすよう言いつけられた。一人で過ごすのには慣れていたけれど、ここは母さんと暮らしていた町よりも随分と寒くて、この頃おれはしょっちゅう風邪を引いていた。

食事を運んでくるお手伝いさんは、一緒に風邪薬を持ってきてはくれたけれど、よく暖房を「点《つ》け忘れる」人だった。今思えば、「ほんさい」の指示だったのだろう。

そんな時、おれは布団をかぶってひたすら耐えるしかなかった。どんなに苦しくても、寝ていればそのうち治る。今までもずっとそうだったのだから。

この日もそうだった。

でも、外がやけに静かで、熱でふらふらしながらも顔を出したら庭が真っ白で。まるで天国みたいな銀世界が綺麗《きれい》で、もっと見ていたくて、縁側まで毛布を引っ張ってきたのだ。

『見てるだけ？　なんで遊ばないの？』

不思議そうな顔をした彼が、ギュッギュッと雪を踏みしめてこちらへ近づいてくる。

もこもこの毛糸の帽子とマフラー、それに手袋をした彼は、おれの顔を覗き込むなり、驚いたように叫んだ。

『わ、顔まっか！』

『……お前も顔、赤いけど』

白い息を吐く彼の頬は、まるでリンゴみたいに真っ赤だった。

おれの呟きを無視して、彼がぽいぽいと靴を脱いで縁側に上がってくる。

『ぴょーにんは、ねてなきゃダメなんだよ！』

『え……』

ぐいぐいと手を引っ張られ、敷きっぱなしだった布団に寝かされる。縁側に取り残された毛布もずるずると引きずってきた彼は、おれの上に毛布と布団をかけると、上着のポケットをごそごそ漁《あさ》ってオレンジ色のものを取り出した。

『はい、これあげる』

『……ミカン？』

『おとなりの、佐伯のおじいちゃんにもらったんだ』

むいてあげる、とにこにこ言った彼が、少し潰《つぶ》れかけのミカンを剝《む》き始める。

爽《さわ》やかな甘い香りが部屋に満ちて、おれは大きく息を吸い込んだ。

『……いい匂い』

『あまくておいしいよ！』

はい、と剝いたみかんを口元に押しつけて、彼がニコッと笑って言う。

『これ食べて、はやくカゼなおして、いっしょに遊ぼ！』

『……っ』

誰かに笑いかけられるなんて、久しぶりだった。

こんなに深く、息を吸ったのも。

『……おれ、雪合戦したい』

『いいよ！　雪だるまも作ろ！　約束な！』

ニコニコと笑った彼が、小指を差し出してくる。小さなその指に、おずおずと自分の小指を絡めて、おれは頷いた。

『……約束』

――約束は、嫌いだ。

これまで幾度となく母さんとしては、その度に裏切られてきたから。

週末どこかに連れていってとか、幼稚園のお遊戯会を見に来てとか、ほんの些細《ささい》な約束ばかりだったけれど、それでもおれが母さんとしてきた約束はどれもこれも、叶《かな》わなかった。

でも、彼なら。

彼ならきっと、約束を守ってくれる気がする――。

『なんかおなかへった！　オレもミカン食べていい？』

『う……、うん』

するりと離れていった体温が惜しくて、もっと指きりしていたかったと思いながら頷くと、彼はありがと、と礼を言ってミカンを一房頬張る。

『ん、おいし！　なんか、一人で食べるよりずっとおいしいかも！』

えへへと笑う彼を見つめながら、おれはとくとくといつもより速く動く心臓が求めるままに問いかけた。

『お前、名前は？　おれは――』

――はらはらと、また雪が降り始める。

小さな恋の結晶は、少しずつ、少しずつ降り積もり、やがておれの世界のすべてになった。

三章

木の株に腰かけて、伊月《いつき》は唸っていた。

「んー……、この歩を、こっちに……」

目の前の大きな株の上には、折り畳み式の将棋盤がある。

パチンと駒を動かした途端、前に座った佐伯《さえき》がニヤリと笑みを浮かべて、指し返してきた。

「じゃあ、こうだな。で、お前はもうここしか打つ手はないから……、ほい、王手」

「あー！」

「まだまだだなあ、伊月。ま、昔よりは強くなってるが」

カッカッカッと笑う佐伯に、伊月はムッとして黙り込んだ。

伊月が佐伯と再会して、数日が経《た》った。

この日、伊月はこっそり城を抜け出し、あの円墳を訪れていた。傍らには青い目の浅葱《あさぎ》が控えている。

青い花を頼りに城に戻ったあの時、伊月はこっそり道の途中途中に目印を作っておいた。背の高い植物を結んで、道しるべにしたのだ。

だが、伊月が再び円墳に行くことを警戒したのだろう。ルイはケルベロスたちに、伊月を森に向かわせないよう言いつけたようだった。

真面目な紅《くれない》はルイの命令は絶対と考えているし、無邪気な山吹《やまぶき》は伊月が森に入ろうとすると、そっちは駄目なんだよ！　とキャンキャン騒いでルイに気づかれてしまう。

困った伊月だったが、そこで味方になってくれたのが浅葱だ。

『森に行きたいのか？　いいぞ、案内する』

『いいの？　ルイからは駄目だって言われてるんじゃや……』

あまりにもあっさりこちらの願いを聞き届けてくれる浅葱に拍子抜けした伊月に、浅葱は優しく目を細めて言った。

『俺たちケルベロスは、主《あるじ》の心から生まれている。紅は主の理性、山吹は本能から生まれた個体で、……俺は、主の本心だ』

『……つまり、ルイは本心ではオレが森に行くのを許してる、だから大丈夫ってこと？』

意外な言葉に驚いた伊月に、浅葱は頷いて言った。

『ああ。主は、貴方《あなた》の願いをすべて叶えたいと思っている。あの方は、誰よりも貴方の僕《しもべ》だ』

『僕って……、なんで？　オレ、なにもしてないけど……』

冥府の王であるルイが、何故自分の僕などということになるのか。

戸惑う伊月だったが、浅葱はその問いには答えず、微笑《ほほえ》むばかりだった。

だが、それからもう何度も浅葱と一緒にこの森に来ているが、ルイが浅葱を咎《とが》めている様子はない。

(オレには、この森に来るなって言ってたくせに……。なんなんだろう、あいつ)

ため息をついた伊月に、佐伯が目ざとく気づいて聞いてくる。

「お、どうした？　もしかして、ルイとなんかあったか？」

「なにかもなにも……、今朝も自分のベッドで目が覚めてしまって」

「あー」

またかと苦笑して、佐伯が言う。

「お前今、本体の治療中なんだろ？　寝て治そうとする本能が強くなってんだろうな」

「本体って言わないで下さい……」

なんか嫌だと顔をしかめて、伊月はのろのろと将棋盤を片づけ始めた。

あの日以来、伊月は夜になるとルイの部屋の前で彼の帰りを待つようになった。しかし、睡眠は取らなくても平気なはずなのに、負傷している体に魂が引きずられてしまうのか、いつも眠気に負けて眠り込んでしまう。

翌朝目覚めると、あてがわれている客室のベッドでふかふかの布団に包まれているのがお約束で、どうやら毎度ルイが部屋まで運んで寝かしつけてくれているようだった。

「なんであの人、いちいちオレのこと部屋まで運ぶんですかね？　嫌みです？」

　中身はどうだか知らないが、外見が同い年くらいの同性に毎晩抱き上げられて運ばれていると思うと、かなり気恥ずかしい。

　どうせ寝てしまうんだから最初から来るなという嫌みのつもりだろうかと思った伊月だったが、佐伯はニヤニヤ笑いながら言う。

「単純に心配なんだろ。あいつ、お前に関してはそういうとこあるからな」

「……佐伯さんが全部教えてくれれば、オレの目覚めも快適になるんですけど」

　あれから何度かこの円墳で顔を合わせている佐伯だが、生前の思い出話には付き合ってくれるものの、ルイのことに関してはなにも教えてくれない。城の中に佐伯の家とそっくりな居間があるとも告げたが、そうかと目を細めるだけだったのだ。

　そのくせ、伊月とルイの間になにかあると匂わせるような発言はするのだから、非常にタチが悪い。

「大体、なんで佐伯さん、この森に来ることができるんですか？　浮遊霊は城壁の中には入れないって聞いたんですけど」

　軽く睨んだ伊月だったが、佐伯は一向に堪《こた》えた様子はなく、今日も今日とてのらりくらりとかわされてしまう。

「そりゃお前、企業秘密に決まってるだろ。それに俺たち亡者は、生者に関与したら地獄行きだからなあ」

「もう十分関与してると思うんですけど……」

昔はこんな意地悪なおじいちゃんじゃなかった気がすると呻きつつ、伊月は考えた。

（……でも、オレがここに来たことがあるのは多分確実だ。それに、ルイさんとなにかあったのも）

そしてルイは、伊月にそれを知られたくないと思っている。

いずれ現世に戻れば記憶が失われるというのに、それでもなお、隠そうとしている――。

（本当に、十年前、ここでなにがあったんだ）

どうしたら思い出せるのかと考え込む伊月だったが、その時、隣の浅葱がぴくっと耳を揺らして言う。

「伊月、そろそろ城に戻ろう。紅が俺たちを探しているようだ」

「えっ、本当に？　早く戻らないと……！」

慌てて将棋盤を片づけて立ち上がった伊月に、佐伯が手を上げて言う。

「じゃあな、伊月。魂だけとはいえ、お前今怪我人なんだから、あんま無理すんなよ」

「はい。佐伯さんもお元気で……、は違うか。えっと、早く成仏できるといいですね？」

もう亡くなっている人にどういう言葉をかけるべきかと思案しつつ言うと、佐伯が目を細めて頷く。

「おう。早く天国のばあさんに会いたいもんだ。お前の父さんと母さんに、いい土産話もできたしな」

「……その時は、よろしく言って下さい」

伊月の両親は、つつがなく天国へ行けたと聞いている。冥府で会えなかったのは残念だが、両親が悪霊などにならずに済んでよかった、と改めてほっとして、伊月は佐伯と別れ、城に戻った。

「伊月様！　どこへ行かれていたんですか！」

浅葱の誘導で裏口からこっそり入った途端、紅が飛んでくる。

目を三角にした紅に詰め寄られて、伊月は将棋盤を後ろ手に隠し、うっと後ずさりした。

「ちょっとその、庭の散策に……」

「庭のどこですか！　隅々まで探しましたが、いらっしゃいませんでしたよ！」

鼻の頭に皺を寄せ、鋭い牙《きば》を剝き出しにして唸るドーベルマンは、普通に怖い。

たじろぐ伊月だったが、そこで浅葱がスッと前に出て言う。

「あちこち歩き回ってたから、恐らく行き違いになったんだろう」

「そ、そうそう。多分そう」

助かった、と浅葱の言葉にこくこく頷いた伊月だったが、紅はじっとりした目で浅葱を睨んで言う。

「……お前、最近やけに毛艶《けづや》がいいな」

紅の指摘に、伊月はぎくりとしてしまう。浅葱は気にしないでいいと言っていたが、森まで一緒に来てくれるお礼に、最近いつもあの古墳でブラッシングをしてやっているのだ。

睨む紅に、浅葱がしれっと言う。

「そうか？　まあ俺は誰かと違って、手入れを怠っていないからな」

「俺だって手入れは怠っていない！」

自慢気に言う浅葱に、紅が吼《ほ》える。

どうやらこの二頭は仲が悪いらしく、しょっちゅう浅葱がからかっては紅が怒っている。だが今のは、紅の注意を逸《そ》らすためにわざわざ煽るようなことを言ったのだろう。

早く部屋に戻るように、とチラッと視線で促してくれる浅葱に、目で感謝を伝えつつそっとその場を離れようとした伊月だったが、その時、山吹がその場に駆け込んできた。

「大変！　大変大変大変！」

「なんだ、山吹。騒がしいぞ」

「山吹、お前今日はルイ様のお供をしていたはずだろう？　こんなところでなにを……」

咎めかけた紅を遮って、山吹が焦った様子で叫ぶ。

「そのルイ様が大変なんだってば！」

「ルイ様が？　まさか……」

紅がサッと緊張に身を強張《こわば》らせると同時に、その場の空気が陽炎《かげろう》のように揺れる。もしかして、と目を見開いた伊月の目の前に、黒ずくめの長身の男が姿を現した。

「う……」

「ルイさん⁉」

現れるなり呻いたルイが、ドッとその場に膝をつく。慌てて将棋盤を放り出し、駆け寄った伊月は、その真っ青な顔と額に滲《にじ》む脂汗に驚いた。

「ちょ……っ、大丈夫ですか⁉　一体なにが……」

尋常ではない様子に目を瞠った伊月に、山吹が告げる。

「ルイ様、最近ずっとこうなんだよ！　伊月様の治療にいっぱい力を使ってるのに、悪霊が暴れてるから無理してて……！」

「……山吹」

ジロッとルイに睨まれた山吹が、ピュンッと浅葱の後ろに隠れて訴える。

「でも、本当のことだもん！」

「……ルイさん」

原因が自分にあると聞かされて、伊月はさすがに黙っていられずその場に膝をつく。しかしルイは伊月から顔を背けると、まるで手負いの獣のように唸った。

「……お前には関係ない」

「っ、またそれ……！」

この期に及んで白々しいことを言うルイに、伊月は思わず声を荒らげる。

「あんたのその台詞《せりふ》にはもう飽き飽きなんだよ！」

「……っ」

驚いたように息を呑むルイの腕を強引に摑み、自分の肩に回す。ぐっと下腹に力を込めて、伊月は自分より体格のいい男を立ち上がらせた。

「お……、おい、なにを……」

「うるさい！」

ぴしゃりと叱咤《しった》した伊月に、ルイが大きく目を瞠る。硬直した彼に肩を貸す形で、伊月はよろめきながらも歩き出した。

「っ、あんたが倒れたら、オレは現世に帰れないだろうが……！」

「……伊月」

「そもそも病人は……っ、寝てなきゃ駄目、だろ……！」

途切れ途切れになりながら咎めた伊月に、ルイが息を呑む。と、その時、それまでおろおろと様子を見守っていたケルベロスたちが、意を決したように駆け寄ってきた。

「伊月様、私たちが……！」

シュッと飛び上がった途端、紅と浅葱の姿が掻き消え、入れ替わりに二人の男が現れる。

突然その場に出現した燃えるような赤い髪の男と、流れるような青い長髪の男に、伊月は驚いて目を瞬かせた。

「え……っ、に、人間？」

まさか、彼らは紅と浅葱だろうか。状況的にそうとしか思えないが、変身ができるなんて知らなかった。

「どうやって……」

「そのお話はまた後ほど。伊月様、私たちにお任せを」

代わります、と紅に促され、伊月は呆気《あっけ》に取られつつその場を譲る。反対側の肩を支えた浅葱が、山吹に言った。

「山吹、お前は伊月と一緒になにか簡単に召し上がれそうなものを用意してきてくれ」

「分かった！」

くるっとその場でターンした山吹が、ふわふわの金髪の少年に姿を変える。

「伊月様、こっちだよ！」

「う、うん……。あの、ルイ、なにか食べたいものとか……」

言ってから、自分が随分砕けた口調で話しかけたことに気づいて狼狽《うろた》えかけた伊月だったが、ルイは咎めるでもなく呟いた。

「……ミカン」

「ミカン？　ミカンな、分かった！」

すでに廊下の向こうに走って行っていた山吹が、大声で叫ぶ。

「伊月様、早く！」

「待って、山吹！」

――駆け出した伊月の背を見つめて、ルイが深いため息をつく。

「ルイ様、お部屋へ」

「……ああ」

紅に促され、そっと伏せられたその目には、悔恨と躊躇《ためら》い、そして抑えきれない喜びが滲んでいた――。

◆

バチンッと破裂するような音が庭先に鳴り響く。

一瞬遅れてジンと走った熱に、おれは咄嗟に頬を押さえた。——痛い。

『私を母と呼ぶことは許しません……！』

激情に身を震わせながら叫ぶ「ほんさい」を、おれは茫然と見上げた。

おれがこの家に引き取られて、一年が経とうとしていた。

少しずつ、本当に少しずつ、態度が軟化してきたところだった。

優しい言葉をかけてくれるようになって、微笑みかけてくれるようになって、だからつい、口をついて出てしまったのだ。

——お母さん、と。

『……っ！』

息を詰め、拳《こぶし》を握りしめて、おれは駆け出した。母屋を抜け、離れの自分の部屋に逃げ込んで、ようやく息をつく。

『ふ……っ、う、く……っ！』

一人になると涙が込み上げてきて、おれはその場に座り込んだ。

『ううう……っ、うー……っ』

悔しくて、憎らしくて、……悲しくて、たまらなかった。

本当は、分かっていた。

あの人の優しい言葉が、微笑みが、とてもぎこちないことに、気づいていた。

それでも、もしかしたらと思ってしまったのだ。

もしかしたら、今度こそ愛してもらえるんじゃないか。

本当の母親に、父親に愛してもらえなかったおれを、あの人なら受け入れてくれるんじゃないかと、期待してしまったのだ。

そんなはずないのに。

おれは、誰からも必要とされない「あいじん」の子なんだから――。

『……どうしたの？』

どれくらい時間が経ったのだろう。

気がつくと、おれの前には彼がいた。

顔を上げたおれを見て、目をまん丸にして驚く。

『えっ、なにそのほっぺ！　真っ赤だよ！』

『……別に、なんでもない』

さっと俯《うつむ》いて、おれは咄嗟にそう答えていた。

こんなところ、彼には見られたくなかった。

彼だけには、おれが親にすら愛されない、無価値な人間だと思われたくなかった。

『転んで、ぶつかっただけだ』

見え透いた嘘をついたおれの言葉を信じて、彼が心配そうに眉を下げる。

『そっか……。痛い？』

『……痛い』

『そっかぁ……』

困り果てたように言った彼は、おれの腫《は》れた頬にそっと手を添えると、真剣な表情でなにやら唱え出す。

『痛いの痛いの、飛んでけ！』

『…………』

『痛いの痛いの……』

『も……、もういい。もう、痛くないから』

数えるほどだが、実の母親からそのおまじないはしてもらったことがある。けれどそれは、もっと幼い頃のことだ。

六歳にもなってそれはちょっと恥ずかしいと遮ろうとしたおれだったが、彼は何故か怒ったように首を横に振って言う。

『だめ！　こういうの、ヤマイはキからって言うんだって！　三回繰り返さないと痛いの飛んでかないんだから、じっとしてて！』

『…………』

なんだその謎ルール。っていうか、病じゃないし。

おれが唖然《あぜん》としている間にも、彼は勢いよくもう二回、おまじないを唱えて満足気に言う。

『ふう、これでよし！　じゃ、佐伯のおじいちゃんとこ行こ！』

『な……、なんで？』

『？　手当てしないと、痛いでしょ？』

痛いのはおまじないで飛んでいったのではなかったのか。

先ほどのおまじないはなんの意味があったのか。

混乱しつつも手を引かれるままついていくおれに、彼が思い出したように振り返って言う。

『あ、そうだ。治るまでこれ、貸してあげる』

足をとめた彼がそう言ってポケットからごそごそ取り出したのは、奇妙な形のマスコットが付いたキーホルダー二つだった。

『なに、これ』

『埴輪《はにわ》！　今日お前とこれで遊ぼうと思って持ってきた！　どっちがいい？』

『え……、じゃ、じゃあ、こっち』

こっちね、と頷いた彼が、馬の形をした埴輪のマスコットをおれに押しつけて笑う。

『それね、昔の人のお守りだったんだって。だから、持ってればきっと痛いのすぐ治るよ』

『……そう、かな』

『うん！　オレの宝物だけど、お前が痛い思いするの嫌だから。だから、お前にならば貸してあげる！　特別な！』

『……特別』

向けられた言葉の、それこそ「特別」な響きに、おれの心にじわりと温《ぬく》もりが広がる。

彼だけは、おれのことを特別に思ってくれるのだ。

親にも、他の誰にも愛されなくても、彼だけは。

『……ありがとう』

『えへへ、いいから行こ！』

早く手当てして早く遊ぼ、と笑った彼が、再び歩き出す。

生き地獄のような世界から連れ出してくれるあたたかい手をぎゅっと握り返して、おれはその背を追いかけた――。

四章

「俺にとって、食事は意味がない」

「…………」

「時間が経てば勝手に回復するから……」

ベッドの上で身を起こし、あれこれ並べ立てる冥府の王をじろっと睨んで、伊月《いつき》は言った。

「うるさい、病は気からって言うだろ。黙って食え」

傍らに座ってスープの入った皿を差し出す伊月に、ルイが唸る。

「……病気じゃない」

「疲労なんて、ほとんど病気みたいなもんだろ。つべこべ言わずに食え」

「……ネギは嫌いだ」

「やっぱそっちか」

どうも駄々をこねると思ったら、そういうわけだったらしい。

仏頂面のルイの鼻先をぶにっとつまんで、伊月はその口元にレンゲを突きつけた。

「口開け、ルイ」

「………」

「お前、さっきマリカーでオレにボロ負けして、言うこと一個聞くって言ったよな」

「………」

「ひーらーけ」

渋々といった様子で口を開けたルイの口に、ネギとショウガたっぷりのスープを突っ込んで、伊月はまったくもうと大きく息をついた。

(いい大人が好き嫌いするなよ……)

確かに、ルイにとって食事はほとんど意味はないようだが、それでも元々人間だったのだから、食べれば気分が上向きになるはずだ。だからこそ、ケルベロスたちもこのスープを用意したのだろう。

(こいつ、生きてた時からこんな偏食だったのかな)

だとしたら、一体なにを食べてここまで成長したのか。

顔をしかめてネギを咀嚼《そしゃく》しているルイに呆れかえっている伊月の傍らで、浅葱《あさぎ》が苦笑する。

「あの主がこうも素直にネギを食べるとはな。伊月、いい機会だからもっとアーンしてやってくれ」

「オレはおかーさんか」

いや、動物園の飼育員かもしれない。

ハアとため息をついて、伊月は滋養たっぷりのスープが入ったボウルをルイに持たせた。自分で食べなさい。

ルイが体調を崩して、三日が経った。

元々その体格に見合っただけの体力はあったようだが、どうやらルイは相当無理をしていたらしい。あの後すぐに発熱したルイは丸一日寝込んでしまい、ご所望のミカンを口にできたのは翌日になってからだった。

（っていっても、ミカン缶だったけど……）

あの日、ミカンをリクエストしたルイだったが、山吹《やまぶき》が用意したのはミカン缶だった。

『え……、こっち？　普通のミカンじゃなくて？』

『うん！　だってこっちの方が甘くて美味《おい》しいもん！』

戸惑う伊月に自信満々にそう言っていた山吹だったが、ルイが食べたかったのはやはり青果のミカンだったらしい。運ばれてきたミカン缶を見た途端、黙り込んだルイだったが、褒《ほ》めてと目をキラキラさせている山吹相手ではさすがに文句は言えなかったようで、礼を言って口に運んでいた。

（浅葱は、自分たちはルイの心から生まれてるって言ってたけど……、だからってルイのことがなんでもかんでも分かるわけじゃないんだな）

三頭それぞれ個性も違うし、ルイの命令に絶対服従というわけでもない。

でも、だからこそルイにとって彼らは大切な存在なのだろうなと思いつつ、伊月は傍らに置いておいたカゴに手を伸ばした。

「ルイ、これ」

「なんだ……、……っ」

「ミカン。本当はこっちが食べたかったんだろう?」

山吹には内緒で、先ほど浅葱に用意してもらったミカンを、ぽんとルイに手渡す。

目を見開いたルイは、小振りのミカンをまじまじ見つめてしばらく固まった後、ぎこちなく声を発した。

「あ……」

「……?」

「ありが、とう」

「……どういたしまして」

(そんなに食べたかったのか、ミカン……)

なにやら感動している様子のルイを眺めつつ、伊月は内心ため息をついた。

(別にミカンで釣るつもりなんてなかったけど……、なんかそう思われそうで、切り出しにくいな)

ルイの顔色もだいぶよくなり、起き上がれるようになってきた今日、伊月は彼に改めて自分が過去に冥府に来たことがあるのではないか、聞いてみようと思っていた。

（オレは十年前、確かにあの円墳を見た。あの円墳は、冥府と現世の境が曖昧な場所なんじゃないだろうか）

それはここ数日、ルイの看病をしながら考えていた伊月が導き出した仮定だった。

（ルイは、浅葱がオレをあの場所に連れていくのを黙認してる。だから、ただ行くだけじゃ現世とは繋がらないのかもしれないし、なにか条件があるのかもしれないけど……、でも、あそこには絶対、現世に関わるなにかがある）

十年前の神隠しの時、自分はおそらく林の中を彷徨《さまよ》う内に、冥府と現世の境目であるあの円墳に辿り着いたのだろう。

そして、三ヶ月間この冥府で過ごし、現世に帰って記憶を失ったのだ。

だがその三ヶ月の間に一体なにがあったのか、それは未《いま》だに謎に包まれたままだ。

（オレはその間の出来事を知りたい。……けど）

丁寧に剝いたミカンを大事そうに食べているルイをちらりと見やって、伊月は躊躇う。

（……知りたいけど、それを聞いたらきっと、ルイはまた前みたいに頑《かたく》なになるよな）

ルイが静養している間、伊月は彼に過去のことを聞かなかった。ルイが倒れたのは、伊月の治療のために力を使っていたことも一因だと聞かされては、問いつめるような真似《まね》はできなかったのだ。

だが、そのおかげで今はこうしてルイと普通に会話できるようになっているし、いつの間にか紅《くれない》たちを交えてゲームまでしている。

ベッドの上だから避けようがなかったと言えばそれまでだが、伊月が過去のことに触れさえしなければ、ルイは穏やかに受け答えしてくれる。せっかく仲良くなりかけているのに、話を蒸し返してまた避けられるようになるのはなんだか少し——、否、かなり寂しい。

(怪我が治って現世に帰ったらここでのことは忘れるんだし、わざわざルイを不快にさせる必要はないんじゃないか？　知らない方が幸せなことだってあるんだし……)

それに、ルイが嫌がらせや意地悪で伊月の問いに答えないでいるとも思えないのだ。彼はおそらく、そういう男ではない。

むしろ、伊月のためを思って黙っているのではないだろうか。

ならば自分は、過去のことを知るべきではないのではないだろうか。

(……オレ、どうしたらいいんだろう)

せっかく良好になりつつあるルイとの関係が壊れるのは嫌だが、失った過去になにがあったのか知りたいという気持ちは依然としてある。

それに、何故自分がルイの横顔に強烈な既視感を感じるのか、その理由も知りたい。

最初は麻耶《まや》の表情に似ているからではないかと思っていたが、日に日に違和感が増している。

ルイが麻耶に似ているのではなく、麻耶がルイに似ているような気がするのだ。

もしかして自分は、記憶を失った三ヶ月の間に、ルイと関わりがあったのではないか。

だから麻耶と知り合った時、彼女の横顔にあんなにも強烈に惹《ひ》かれたのではないか。

(だとしたら余計、オレは十年前の出来事を知りたい。……でも今、ルイとの間に波風を立てたくはない)

一体どうすればと眉間に皺を寄せた伊月だったが、その時ルイが思い出したように言う。

「ああそうだ、伊月。悪いが一つ頼まれてくれないか」

「いいよ、なに?」

あの一件以来、伊月はすっかり開き直ってルイに対して敬語を使わなくなっている。外見は同い年くらいだし、第一子供みたいな偏食っぷりを目の当たりにして、丁寧な言葉遣いを続けるのもなんだかバカらしくなってしまったのだ。

ろくに話も聞かずに引き受けた伊月に、ちゃんと内容を聞いてから承諾しろと渋い顔をしつつ、ルイが言う。

「浅葱と一緒に、図書室から何冊か本を持ってきてほしい。リストはこれだ」

「図書室?」

数冊分のタイトルが書かれたメモを受け取って、伊月は首を傾げた。そんなところがあるなんて、初耳だ。

ああ、と頷いたルイが、懐から鍵を取り出して渡してくる。

「歴代の冥府の王が集めた蔵書が納めてある。……鍵はそのままお前に預けておくから、興味が引かれるものがあれば自由に読んでいい」

「え……、いいの？　ありがとう」

歴代の王が集めたとなれば、相当貴重な書物もあるだろう。それなのに自分のような居候の人間が立ち入ってもいいのだろうか。

戸惑いつつも礼を言った伊月からふいっと視線を逸らして、ルイが素っ気なく言う。

「お前なら、本を無碍《むげ》に扱いはしないだろうからな」

（……ツンデレかな？）

もっともらしい理由をくっつけてはいるが、要は少しは伊月を信用してくれる気になったということだろう。

すました横顔にうっかり笑ってしまいそうになりながらも、その気持ちが嬉しくて、伊月は空になった食器が載った盆を持って頷いた。

「ああ、それは約束する。ありがとう、ルイ」

「……頼んだ」

俺は少し寝る、とルイがもそもそと布団に入る。おやすみと声をかけて、伊月は食器を厨《ちゅう》房《ぼう》に下げ、浅葱と共に図書室に向かった。

「主がああも素直に休むのは、貴方が相手だからだろうな」

今日はドーベルマン姿の浅葱が、穏やかに微笑みながら伊月を先導する。

「主にとって、食事も睡眠も確かになくても差し支えないものだ。だが、だからと言って不要なものだとは思えない。人は、必要なものだけで生きているわけではないからな」

「うん、それはよく分かる。オレも今はおなかすかないけど、それでもまったくなにも食べないでいるとちょっと落ち着かないし、気も滅入るよ」

同意した伊月に、まったくだと浅葱も頷いて言う。

「だというのに、主はいつもあまり休息を取らないのだ。悪霊の対処や浮遊霊の鎮魂で疲労は溜まるばかりだろうに」

「そういえばルイが倒れた時、悪霊が暴れてたって山吹が言ってたけど……。もしかしてその悪霊って、オレが巻き込まれた落盤事故を起こしたのと同じ悪霊なの？」

冥府の王であるルイが手を焼くような悪霊、そう何体もいないのではないだろうか。そう思って聞いた伊月だったが、浅葱は頭を振って言う。

「いや、あの事故は主が偶然水盤を見ていて、気がついたものだからな。悪霊の正体までは、俺たちは知らないんだ」

「……そういえば、そうだっけ」

最初にこの冥府に来た時、ルイもそんなことを言っていたのを思い出す。

（ってことは、ルイが偶然水盤を見てなければ、今頃オレは死んでたんだよな……）

改めてゾッとした伊月に、浅葱が言う。

「だが、今回主が対峙《たいじ》した悪霊は、見当がつく。俺も幾度か対峙している悪霊……、おそらく主の母親だ」

「え……、お母さんって……」

浅葱の一言に、伊月は驚いて息を呑んだ。思わず足をとめた伊月に、浅葱が振り返る。

「俺もはっきり聞いたわけではないが、本来冥府の王の力を持ってすれば、悪霊を地獄へ送り返すなどたやすいことだ。だが主は、その悪霊だけはいつも今一歩のところで追いつめきれず、ああして激しく消耗してしまう。おそらく、生前なにかあった相手なのだろう。……あの悪霊は、主のことをとても憎んでいる様子だ」

「……そう、なんだ」

少なからずショックを受けて、伊月は視線を落とした。

冥府の王は、神ではない。そう聞いてはいたものの、ルイが生前どんな人物で、どんな家庭環境かまでは思い至っていなかった。

まさか母親がルイのことを憎んでいて、悪霊になっているなんて、思いもしなかった。

「……悪霊って、一度なってしまったらもう成仏させることはできないの？」

どうにかしてルイの母を救うことはできないのか。そう思った伊月だが、浅葱は難しい顔つきで首を横に振る。

「悪霊は普通、地獄で相応の期間罰を受け、魂が浄化されて成仏する。それ以外の方法で成仏させるとなると、冥府の王の力をもってしても非常に難しいだろうな」

「……っ、もしかしてルイは、お母さんのことを成仏させようとして……？」

冥府の王の力でも難しい、悪霊の成仏。ルイはそれをしようとして、力を消耗させているのではないか。

伊月の指摘に、浅葱が頷く。

「ああ、おそらくそうなのだろう。だが同時に、あの女は俺の本当の母親ではない、とも言っていた」

「本当の？　あの、それってどういう……」

もっと詳しく知りたいと思った伊月だが、浅葱は苦い表情で首を横に振って言う。

「それ以上は、俺たちも聞いていない。……行こう、伊月」

「あ……、うん」

促されて、伊月は浅葱の後について歩き出した。けれどどうしても、先ほど聞いたルイと彼の母親のことが頭から離れない。

（本当の母親じゃない……？　義理のお母さんとか？　でも、その人はルイのことを憎んでるんだよな……）

一体どういう関係なのか。

ぐるぐると考えながら、伊月は呻く。

「……冥府の王って、大変だな」

毎日、浮遊霊を成仏させてやって、悪霊を地獄へ送り返して。

それを数百年も続けるなんて、そうそうできることではない。

ため息をついた伊月に、浅葱も頷いて言う。

「ああ。だから、冥府の王になれる者はごく限られている。死者の苦悩に寄り添い、導く力と、心を持っていなければならないからな。生前神官や巫女だった人間が冥府の王に選ばれるのは、多くの死を目の当たりにしているからだ。そういう人間は、死者の無念を理解して、荒ぶる魂を鎮める鎮魂の力を持っている」

「ああ、だから神様じゃなくて、人間が冥府の王に選ばれてるんだ」

どうして人間が冥府の王になるのか疑問だったが、おそらく神では人間の情を理解しきれず、死者の魂に寄り添うことができないからなのだろう。

納得した伊月に、浅葱が頷いて告げる。

「ああ。とはいえ、人ならざる力を使い続ければ、やがては神格化し、神として天界に迎えられることになる。だから冥府の王は、定期的に代替わりしているんだ」

「じゃあ、ルイもそのうち神様になるの？」

「おそらくな。とはいえ、数百年後の話だろうが」

「数百年……」

改めて突きつけられた時間の長さに、伊月はなんだかたまらない気持ちになった。

死後、行き先を見失った魂を行くべき場所へと送り出し、時には現世に悪影響を及ぼす悪霊を抑え込む。

そんな大切な役割を担っている冥府の王の存在を、生きている人間は誰も知らない。誰からも感謝されることなく、労《いたわ》られることもないまま、この薄暗い世界で毎日淡々と死者の魂を悼《いた》む日々が数百年も続くのだ。

（……そんなの、オレだったら絶対逃げ出してる）

ルイは、平気なんだろうか。

冥府の王となって、後悔はないのだろうか。

考え込んでしまった伊月の前を歩きながら、浅葱が静かに告げる。

「……俺は、前の王のことを知らない。だが、主が歴代の王の中でも特に情に篤い性質だということは、なんとなく分かる。主は毎日死者の霊のために祈りを捧《ささ》げ、一人一人向かうべき場所へ送り出している。まるで、懺悔《ざんげ》のように」

「……懺悔」

重さを伴った一言を思わず繰り返して、伊月は手にした鍵をぎゅっと握りしめた。

もし浅葱の言うことが本当だとしたら、ルイは一体、なにを悔いているのだろう。

確執があるという母親のことだろうか。

それとも別のなにかだろうか――。

黙り込んだ伊月は、浅葱が重厚な扉の前でぴたりと足をとめたのに気づいて顔を上げた。

「伊月、ここが図書室だ」

「あ……、……うん」

促されて、伊月はルイから預かってきた鍵を差し込んだ。

カチリと扉を開け――、息を呑む。

「っ、すごい……！」

その部屋は、天井まで届く高い書棚で埋め尽くされていた。書棚はどれもぎっしり本が詰まっており、ずらりと並んだ背表紙だけでも様々な言語の本が集められていることが分かる。

（うわ、手当たり次第読んでみたい……！）

フィールドワークが多い考古学とはいえ、研究職に就いている伊月は、ご多分に漏《も》れず本が好きだ。

あれもこれも手に取ってみたくてうずうずしている伊月に、浅葱が声をかけてくる。

「伊月はこの二冊を探してくれ。おそらくこの辺りの棚にあるだろう。俺は奥で、こっちの二冊を探してくる」

「あ……、うん、分かった」

犬の姿のままでは探しにくいからだろう。浅葱がシュルッと人間の姿になる。

ふう、と一息ついた彼は、じっと伊月を見つめて言った。

「俺の記憶違いでなければ、このリストにある本は主がすでに読み終えているものばかりだ」

「え……」

「もちろん、本は何度読んでも良いものだ。だが俺には、主が別の意図で、わざわざ貴方に本を持ってきてほしいと頼んだように思えてならない。例えば、読書好きな貴方が自由にこの図書室を使えるように鍵を預けた、とかな」

「…………」

浅葱の指摘に、伊月は黙り込んでしまう。

確かに、本を持ってくるだけなら浅葱一人でも十分事足りる。わざわざ伊月に頼んだのは、そういう意図があってのことだったのかもしれない。

「でもオレ、ルイに避けられてばかりだったから、もしかしたら嫌われてるのかなって思ってたけど……」

なにせ、部屋の前で籠城《ろうじょう》するような真似までしたのだ。しつこいと嫌われているかもしれないと思っていたと零《こぼ》した伊月に、浅葱は優しい苦笑を浮かべて言った。

「あの方は、不器用なだけだ。嫌っているから、憎んでいるから避けているのではない。大切だから、守りたいから避けていたのだろう」

「……そうかな」

「でなければ、自分の本心の化身である俺を貴方に近づけるわけがない。……あの方は、貴方の僕だ」

これを使え、と踏み台を持ってきて、浅葱が言う。

「いくら人間の姿になれるとは言っても、我々ケルベロスの本質は、獣だ。主の苦しみに寄り添うことはできても、そのすべてを理解することは難しい。神が人間の感情を理解しきれないのと同じように」

「……うん」

「だから貴方も、主と向き合うことを諦めないでほしい。本当は主もそれを望んでいると、俺は思う」

ルイの本心から生まれた浅葱にそう言われて、伊月は微笑んだ。

「ありがとう、浅葱。オレ、もう少し頑張ってみるよ」

ルイがなにを隠しているのかは分からない。

だが、彼が悪意から口を噤《つぐ》んでいるわけではないことは分かる。理由は分からないが、伊月を気にかけてくれていることも。

だったら、関係が壊れることを恐れず、ぶつかってみるべきかもしれない。

いずれ記憶を失うとしても、それでも彼を知ることにはきっと、意味があるはずだ。

「迷いが晴れたならよかった。俺は奥にいる」

なにかあったら声をかけろと言って、浅葱が立ち並ぶ書棚の奥へと姿を消す。

伊月はその背を見送って、よし、とリストを握りしめた。

「本届けたら、もう一回ちゃんとルイと話してみよう」

十年前、自分たちの間になにがあったのか。

闇雲に教えろと迫るのではなく、きちんと自分の気持ちを話して、それから――。

「……あ、これかな？」

ずらりと並ぶ背表紙を一つ一つ確認していた伊月は、目当ての本を見つけて手を伸ばす。

と、その時、伊月の横から伸びてきた手がスッと本を取った。

「え……」

驚いて隣を見た伊月は、目を瞬かせる。

そこにいたのは見覚えのない女性だった。

外国人なのだろうか。浅黒い肌で、長い黒髪を細かい編み込みにしている。大きな黒い瞳でこちらをじっと見据える彼女は、原色のカラフルな衣装とジャラジャラした装飾を身にまとっており、エキゾチックな雰囲気だった。

「あの……、どなたですか？」

果たして日本語が通じるのだろうか。というかこの人は佐伯と同じような浮遊霊なのだろうか。だとしたら、一体どうやって城に入り込んだのか。

様々な疑問が浮かび上がった伊月だったが、女性は懐からなにか取り出すと、先ほど書棚から抜き取った本の上にそれを載せて差し出してきた。

「預かりもの、返しておくぞ」

「え……」

「ではの」

ニッと笑った女性がそう言うなり、その姿が陽炎のように揺らめく。あっと思った時にはもう、彼女の姿は跡形もなく消えていた。

「な……、え、誰……？」

呆気に取られた伊月は、女性の消えた空間を茫然と見つめた後、渡された本に視線を移して息を呑んだ。

「……っ、これって……！」

本の上に載っていたのは、一台の携帯だった。

折り畳み式のそれには、ゆるキャラのマスコットのストラップが付いている。それは、伊月が修学旅行の時に買ったものと同じで――。

「オレの携帯⁉　なんで……！」

慌てて本を踏み台の上に置いた伊月は、携帯の電源ボタンを押してみる。

「っ、付いた……！」

もう動かないのではと思ったが、意外にも携帯はすぐに起動する。さすがに電波は入っていない様子だったが、充電はされているようだった。

「うわ、もう操作分かんないな。えっと、メールは……」

タッチパネルですらない古い携帯に戸惑いながらも、どうにかメール画面を開く。すると、もうほぼ記憶にはないが、家族とやりとりしているメールが出てきた。

今日は部活で帰りが遅くなるとか、忘れものしてるよとか、他愛ないやりとりを見て、思わず目頭が熱くなる。

「……やっぱりこれ、オレのだ」

両親が送ってくれたメールをじっと読んで確信した伊月は、後で改めてゆっくり読もうと決め、続いて写真のフォルダを開いてみる。

買い食いしたらしき駄菓子の写真、道端で寝転んでいる猫の写真、教室で撮ったらしい自撮り写真——。

(懐かしいな……。あれ、こんなのも撮ってたっけ)

朧気な記憶を辿りながら一枚一枚眺めていた伊月だったが、その時、ふと見覚えのない写真に手がとまる。

「ん……、これ、誰だ？」

——それは、伊月が誰かと一緒に写っている写真だった。

どうやら伊月がやや強引に撮ったらしく、肩を抱かれたその人物は仏頂面をしている。

短い黒髪の彼は、伊月と同じ制服を着ている様子だった。

（同級生……？　でも、誰だ？）

当時のクラスメイトを一人一人思い出してみるが、彼が誰だか分からない。しかし、顔立ちは見覚えがある気がする。

小さな液晶画面に表示された粗い画像に目を凝らして、伊月はアッと上げそうになった声を慌てて呑み込んだ。

（この顔、どこかで……）

——涼やかな目元にスッと高い鼻。薄く形のいい唇。

髪型や髪色こそ違うが、高校生の伊月と一緒に写っていた彼は、この城の主、冥府の王であるルイその人だったのだ——。

◆

ぐいっと肩を抱き寄せられた次の瞬間、パシャリと音がして、俺は思い切り眉を寄せた。

『……撮るなら先に言えよ』

『いいだろ、別に。減るもんじゃなし』

撮ったばかりのそれを携帯で確かめながら、すごい顰《しか》めっ面、と笑った彼が、手近なイスを引き寄せて隣に座る。

放課後の教室にはもう、俺たちしか残っていなかった。

『お前、今日部活は？』

『休み。ま、夏休み中はほとんど毎日練習あるけどな。っていうか、本当に真面目だなお前。こんなの適当に書いてるやつがほとんどだろ』

そう言った彼が、日直当番の日誌を書く俺の手元を覗《のぞ》き込んでくる。ぴったりくっついてきた彼に、俺はまた眉を寄せた。

『あんまりくっつくなよ。暑いだろ』

　華奢《きゃしゃ》な見た目に反して陸上部のエースである彼の平熱は、俺より高い。それを言い訳にして距離を取ろうとする俺に、彼がニヤリと笑って余計にひっついてきた。

『まあそう言うなって。オレさっき、隣のクラスの女子にコロン借りたんだ。ほら、女子の匂いしない？』

『……馬鹿なのか？』

　それは女子の匂いじゃなく、コロンの匂いだ。真顔で返した俺に、彼がムスッとした顔になる。

『ノリ悪いなあ。他の奴《やつ》らはありがたがって、めっちゃ嗅《か》いできたのに』

『…………』

『うわ、鼻で笑われた！』

　ひっど！　と口では言いつつも楽しそうに笑う彼を見て、内心ほっとする。

　――うまく嫉妬《しっと》を隠せたか、と。

（甘ったるいコロンの匂いより、お前自身の匂いの方がよっぽど、俺は……）

　言いたくて、言えない言葉を懸命に呑《の》み込む。

　幼い頃、真っ白な銀世界で出会ったあの日から、彼は俺のすべてになった。

　誰からも愛されなかった俺に唯一好意を向けてくれた、かみさま。

　彼を失うようなことだけは、絶対にできない――。

『……それ、まだつけてるのか』

携帯をいじる彼の手元をチラッと見て、俺はわざとため息混じりに言う。

ゆるキャラのマスコットは、去年修学旅行に行った時に買ったものだ。お揃《そろ》いで買おうと言われて渋々承諾した俺が、本当はどれほど嬉《うれ》しかったか、彼は知らない。

『だって可愛《かわい》くない？　不細工で』

『不細工なら可愛くはないだろ』

『分かってないなあ。これが可愛いんだって。お前もつければいいのに』

どうせ捨てたんだろ、とむくれたような顔で言う彼に、心の中だけで答える。

捨ててない。

お前との思い出はなに一つ捨てられるわけがないだろ、――伊月《いつき》。

五章

冥府の空は、今日も薄雲が覆っていた。

穏やかな風が吹く中、草原を漂うほのかな光の玉をそっと手で引き寄せたルイが、おもむろに目を閉じる。

「汝《なんじ》のいるべき場所は、ここではないだろう?」

長い銀の髪をなびかせながら、死者の魂の訴えを聞き、低い声で小さく一言、二言なだめるような言葉を紡ぐ。優しいその囁《ささや》きは、どこか子守歌を彷彿《ほうふつ》とさせた。

(……ああやって一人一人、毎日魂を鎮めて回ってるのか)

丘の上に座った伊月は、そっと目を伏せたルイの横顔をじっと眺める。

どこか寂しげなその横顔はもう、他の誰かに似ているとは思えなかった。

伊月が自分の携帯を取り戻して、数日が過ぎた。

この日、伊月はルイと共に城の外に出ていた。体調が回復したルイが、そろそろまた城の外に出て死者の魂を鎮めて回るというので、見学させてほしいと無理矢理ついてきたのだ。

ルイは最初、城壁の外は危険だからと渋い顔をしていたが、ここ数日ケルベロスたちと共にずっと付き添っていた伊月に一応恩義を感じているらしい。

最終的に、自分のそばから絶対に離れないことを条件に折れたルイに、伊月は浅葱《あさぎ》の言葉を思い出さずにはいられなかった。

『主は、貴方《あなた》の願いをすべて叶《かな》えたいと思っている。あの方は、誰よりも貴方の僕《しもべ》だ』――。

（ルイがオレの僕っていうのは、やっぱりピンとこないけど……、でも、なんだかんだルイがオレに甘いのは、分かる）

そもそも、冥府の王は生者と関わるべきではないはずなのに、今やこうして一緒に城の外に出ているくらいだ。いくら伊月が不調のルイに付き添ったとはいえ、拒絶することなどいくらでもできるのに、ルイはそうしなかった。

それは、おそらく――。

（……オレたちが昔、友達だったからだ）

彷徨《さまよ》える魂に語りかけるルイをじっと見つめて、伊月は唇を引き結んだ。

――あの日、十年ぶりに伊月の元に戻ってきた携帯は今、伊月のポケットの中にある。

あの女性は誰だったのか、何故伊月の携帯を持っていたのかも気になるが、それ以上に衝撃的だったのが携帯に保存されていたメールや写真の数々だった。

この数日間、それらをくまなく見返した伊月は一つの確信を得ていた。

（……オレはルイと、友達だった。それもかなり、仲のいい）

最初は、本当にこの携帯は自分のものなのだろうかと疑った。まったく身に覚えのないメールや写真が多く保存されていたからだ。

だが、付けていたストラップは確かに自分のものだし、身に覚えのないメールや写真はすべて、一人の人物に関するものだった。

——大槻類《おおつきるい》。

電話帳の中にあった、唯一『知らない』名前のその人物こそ、ルイの正体だろう。

最初に写真を見た時は他人の空似だろうかとも考えたが、もしそうならあんなに仲のよさそうな友達のことを何一つ思い出せないなんて不自然だ。伊月の中に彼に関する記憶がないのが、彼がルイであるなによりの証拠だろう。

メールの履歴を確認したところ、伊月はその類という人物と頻繁《ひんぱん》にやりとりをしていた。

『類、課題写させて』

『大会で一位取った！　類、今日見に来てくれてた？』

『カゼひいたから今日学校休む』

『誕生日おめでと！　ケーキ食べよう、ケーキ』

『今日こそあのケルベロス倒そうぜ！　皆にも声かけとくから、九時集合な！』

『先生から伝言。いい加減進路調査票出せ、だって。類、まだ出してなかったのか？』

メールの内容から察するに、自分と類はかなり幼い頃からの付き合いで、児童の数が少ない田舎なこともあり、小中高とずっと同じクラスの様子だった。

テンション高めの自分のメールに対し、類の返信は素っ気ないものだった。

『自分でやれ』

『行った。暑かった』

『大丈夫か。帰りに寄る。ミカンゼリー買ってくけど、他になんか欲しいものあるか？』

『お前、自分が食べたいだけだろ。ありがとう』

『了解。死神の城の前でいいか？』

『後で出しとく』

最初に読んだ時はあまりの温度差に少し驚いたが、類から来ているメールはどれも似たような文面で、伊月の方もそれを気にした様子がないので、普段からそういうテンションだったらしい。機種変更した、と伊月が報告している二年前のメールまで遡《さかのぼ》ったが、類の返事は、俺も、の二文字だけだった。

気になったのは、下書きに保存されていた自分のメールだ。

『隣のクラスの女子が、』

『なんか、類のことといいなって思ってる女子がいるらしいんだけど』

『隣のクラスの田中《たなか》さんってどう思う？』

いくつかの打ちかけの文面が保存されている翌日、自分は類に簡潔なメールを送っていた。

『隣のクラスの田中さんが、お前のこと好きだって』

（……多分これ、この田中さんに頼まれたんだろうな。好きだって伝えてくれって）

こんなに送るのを躊躇《ためら》っているなんて、自分はその田中さんとやらが好きだったのかとも思ったが、すぐに違うと気づいた。

彼女のことはうっすら覚えているが、特に恋愛感情を抱いていた覚えはない。自分が好きだったのはおそらく――、類だ。

（オレは多分、類が好きだった。だから、他の人からの告白を伝えたくなかったんだ）

伊月のそのメールに対する類の返事はなく、伊月もそれ以上田中さんのことを話題に出していなかったため、どうなったかは分からない。

だが、写真フォルダには、その翌日の日付で類の写真が残されていた。

画素数が粗いが、夕暮れの教室で撮ったと思《おぼ》しきその写真は、目を伏せた類が横を向いている一枚だった。

静謐《せいひつ》な夜のように美しく、孤独な横顔。

その写真を見た瞬間、伊月ははっきりと分かってしまった。

自分は、この人のことが好きだった。

ずっと心の奥深くに刻まれていた喪失感の正体は、他の誰でもない、彼だったのだ――。

（……とはいえ、『類』のことは全然思い出せないんだけど）

優しく目を細め、小さな魂に静かに語りかけるルイを、伊月はぼんやりと見つめた。

（オレは類を、……ルイを、好きだった）

改めてそう思うと、カーッと頬が熱くなる。

「…………」

自分は同性が好きだったのかという驚きと戸惑い、そしてなによりも相手がルイだということにどこかで納得している自分に羞恥《しゅうち》を覚えて、伊月は抱えた膝に額をゴンとぶつけた。

なんだかもう、いたたまれない。

だって自分は、記憶を失ってもずっと類のことが好きだったのだ。

好きで、忘れてしまったのに忘れきれなくて、十年経《た》ってもずっと彼の面影を追い求めていたのだ。

しかも、未《いま》だに彼に関する記憶はなに一つ戻っていないのに、その相手がルイだと知って、なによりも先に納得してしまった。

彼なら、自分がそこまで好きになるのも分かる。

なんなら、自分の性的指向が今まで自覚していたものと違った驚きも、相手がルイなら確かにと安堵《あんど》を覚えたくらいだ。

性愛の対象が同性だったわけではない。きっとルイだから好きになったのだろう、と。

(なんか……、なんかそれってもう、今のオレもルイのことを好きってことじゃないか……)

思い返せば確かに、ああいいなと思う瞬間はいくつもあった。けれどそれらは、恋と呼ぶにはまだあまりにも淡い感情で、こんなことがなければきっと自覚なんてしなかった。

もう一度彼に恋することなんて、きっとなかったはずなのに。

(無意識にずっと好きだったとか、もうどんだけだよ……)

声にならない声で呻《うめ》き、伊月はハアとため息をついて顔を上げた。抱え込んだ膝に頬をつき、ぼんやりと考えを巡らせる。

(……麻耶《まや》さんとは、別れるしかない)

こんなにもはっきりと自分の気持ちを自覚してしまって、これ以上彼女のそばにはいられない。自分が彼女の中に見ていたのは、類の面影だったのだ。

記憶がなかったからとはいえ、振り回すような真似《まね》をして本当に申し訳ないが、彼女とは別れなければならない。

(でも、現世に戻ったらここで過ごした記憶を失ってしまう……。なにか忘れないでいる方法はないんだろうか?)

——その鍵になるのはやはり、十年前の神隠しではないだろうか。

十年前、伊月が類と共に冥府に来たことがあるのは間違いないだろう。

類が冥府の王になったのが三年前で、何故《なぜ》七年間の空白があるのかは気になるが、少なくとも伊月が類に関する記憶を失ったのは十年前の神隠しの時のはずだ。

だが、類に関する記憶を失ったのは、おそらく伊月だけではない。

伊月と類は幼馴染《おさななじ》みで、同級生だった。

しかし十年前、神隠しの後に伊月が登校した際も、友人たちは他の同級生の安否について教えてくれたが、大槻類という人物については誰も触れていなかった。

その後伊月は親戚の家に引き取られることになり、すぐに転校してしまったが、当時の友人たちとはずっと連絡を取り合っていた。にもかかわらず今に至るまで、誰一人として類の話題を出す者はいなかったのだ。

加えて、類の名字の大槻家といえば、地元では知らない者のいない名家だった。代々県議会議員の家柄で、伊月は陸上大会で優勝した時、議員の奥さんから花束をもらって少しだけ話したことがある。

会話の内容はほとんど記憶に残っていないが、何故か悲しそうな顔をしていたことは覚えている。おめでとうとお祝いの言葉をかけてくれた時は微笑《ほほえ》んでいたが、その目はどうしてか潤んでつらそうだった。

あの時はどうしてだろうと少し気になっただけで終わってしまったが、その彼女に息子がいたという覚えはない。その後、議員も奥さんもあの土砂災害で亡くなっている。

記憶と照らし合わせても、冥府にいた時の記憶だけ失ったとか、自分だけが類のことを忘れたというよりは、最初から『大槻類』という人物はいなかったことにされているように思えてならない。

今この場で住民票などを調べることはできないが、もしかしたらそういった公的な記録からも『大槻類』の名前は抹消されているのではないだろうか。

(冥府の王になると、生前の記録や周りの人間の記憶が抹消される、とか?)

その可能性は否定できないが、冥府の王は死者がなるものだ。わざわざ生前の記録や、無数の人間の記憶を消す必要があるとは思えない。

類の時だけ、特別だったとしか思えない——。

(どうして類の時だけ違ったのかは分からないけど……、でも、ただ単に冥府にいた時の記憶が消えるだけじゃないこともあるなら、記憶を失わずにいることも可能なんじゃないか?)

今まで伊月は、冥府から現世に戻ると自然に記憶が消えるのだとばかり思っていた。しかし、類の一件は明らかに人為的だ。

誰が、なんのためにそうしたのかは分からない。だが、仮に冥府の王に人間の記憶を奪う力があるのなら、あるいは記憶を保ったまま現世に帰ることも可能なのではないだろうか。

(……問題は、ルイがそれを受け入れてくれそうにないってことだ)

ルイは、明らかに伊月になにか隠している。

十年前の神隠しの記憶に繋《つな》がる可能性が少しでもあれば、きっと伊月の冥府での記憶を消そうとするだろう。

（やっぱりオレは、十年前になにがあったのか知らなきゃならない……）

ルイが伊月のためを思って語らないでいるのなら、自分は過去のことを知るべきではないのではないかとも思った。

けれど、ここまではっきりと、ルイと自分が過去に関わりがあった証拠が出てきては、もう黙ってはいられない。

（オレは、知りたい。……忘れたままで、いたくない）

伊月が見つめる先、丘の上の少し離れた場所に立つルイの手から、死者の魂がふわりと浮き上がる。

ふわり、ふわりと空へ昇っていく光の玉を見送って、ルイがこちらに歩み寄ってきた。

「お疲れ」

声をかけた伊月に、ルイが戸惑ったような表情で聞いてくる。

「退屈していないか？　朝からずっと同じことの繰り返しだが……」

「全然。それに、同じじゃないだろ。一人一人、違う人の魂なんだから」

最終的に行くべき場所に送り出すのは同じでも、それぞれの魂にはそれぞれの人生があったし、それぞれの苦しみや悲しみがあった。

「毎日ああやって一人一人と向き合ってるの、すごいと思う。尊敬するよ」

「……そう、か」

素直に賛辞を送った伊月に、ルイが居心地の悪そうな表情を浮かべる。

不器用だなあと内心苦笑を零《こぼ》して、伊月は隣に腰を落ち着けたルイに問いかけた。

「さっきの魂、もしかしてまだ子供だった？」

「ああ。……分かったのか？」

「なんとなく」

ここに来る途中、ルイは幾度かああして漂っている魂を見つけては、祈りを捧《ささ》げてそれぞれの行くべき場所へと送り出していた。先ほどの魂は、それまでと比べて少し光の玉が小さい気がしたし、光り方もチカチカと活発だったので、なんとなく子供ではないかと思ったのだ。

そうか、と頷《うなず》いたルイが続ける。

「子供の霊は、自分が死んだと理解できないことが多くてな。よくそれで迷子になって、ここに辿《たど》りつくんだ」

少し辛《つら》そうに表情を曇らせて、ルイが続ける。

「先ほどの子には、お父さんとお母さんはどこ、と聞かれた。今は会えないが、いつかまた会えるから先に天国で待っているように言ったが……、あと何十年かは寂しい思いをさせてしまうだろう」

「……ルイのせいじゃないだろ」

まるで自分に責任があるかのような言い方をするルイに、伊月は思わずそう言っていた。

「あの子の死は、ルイの責任じゃない。それに、ルイが送り出してあげたから、あの子は天国に行けるんだ」

ふわり、ふわりと空に昇っていった魂を思い出す。キラキラと星のように瞬く光は、なんだか少し楽しそうだった。

「時間はかかるかもしれないけど、あの子はきっとまた家族に会えるし、天国にはきっとあの子のことを知っている人もいる。遊び相手だっているだろうし、きっと寂しい思いばかりじゃないはずだよ」

「伊月……」

懸命に言い募る伊月に、ルイが少し驚いたように目を瞠《みは》る。

その表情を見て、自分が思うより熱弁していたことに気づいた伊月は、照れを誤魔化すようにやや強引に話題を変えた。

「あー、でも、ルイは寂しくないのか？」

「俺？」

「うん。だってお前、見送るばかりだろ」

さやさやと、背の高い草花が風に揺れている。森や草原などの緑はあるものの、この冥府に生き物はいない。

佐伯《さえき》のように人間の姿をした浮遊霊がどれくらいいるのかは分からないが、真面目なルイのことだ。自分は彼らを送り出す立場なのだからと、あまり親しくしないようにしているのではないだろうか。

いくら紅《くれない》たちがいてくれるといっても、ここはあまりにも静かだ。

毎日魂を見送るばかりでは寂しいのではと思った伊月だったが、ルイは静かに笑って言う。

「もう慣れた。それに最初から、そういうものだと分かっていて冥府の王になったからな」

「……っ、ルイは、どうして冥府の王になったんだ？」

話が聞きたかったことに及んで、伊月は少し食い気味に尋ねる。

「選ばれたにしても、断ることだってできたんじゃないのか？　どうして……」

どうして周囲の、——自分の記憶を奪ってまで、冥府の王になったのか。

責めるようなその一言が言えなくて、途中で言葉を呑み込んだ伊月を、ルイがじっと見つめてくる。まっすぐなその視線に、どうしてか少し後ろめたさを感じて、伊月は黙り込んだ。

ややあって、ルイが静かに答える。

「俺は、選ばれたわけじゃない。自分から言ったんだ。先代の王に、俺を次の冥府の王にしてくれ、と」

「……っ、なんで……」

ルイの発言に、伊月は少なからずショックを受けてしまう。

何故、そんなことを願ったのか。

まさかルイは生前の記録が、周囲の記憶が失《な》くなると分かっていて、それを願ったのか。

(どうして……。だってルイは、あんな真摯《しんし》に一人一人の魂に向き合ってるのに……)

子供の浮遊霊にしばらく寂しい思いをさせてしまうと言うような、優しい男だ。

死者の悲しみに、苦しみに寄り添える優しさを持っているルイが、自分の存在を消してしまうような、周囲の人間が知ったら傷つくような選択を、何故したのか。

伊月は一度くっと唇を引き結ぶと、ルイを見据《みす》えて尋ねた。

「……ルイはなんで、冥府の王になりたいって言ったんだ？　なにか事情が……、そうしなきゃならない理由が、あったんじゃないのか？」

「理由、か」

伊月の問いかけに、ルイがスッと目を眇《すが》める。冥府の夜空とよく似た瞳は、なにもかもを見透かすようだった。

「伊月。お前は何故、そう思ったんだ？」

「……それ、は」

「お前、なにを知っている？　……誰から聞いた？」

低い声はひどく静かで、だからこそ彼の怒りが伝わってくる。伊月はコクリと喉を鳴らすと、ポケットから自分の携帯を取り出した。

「誰からでもない。これを、見たんだ」

「……っ、お前……、これをどこで……！」

「図書室で、知らない女の人に渡された。浅黒い肌で、編み込みの髪の人だった」

端的に告げた伊月に、ルイが大きく目を瞠る。

伊月はルイをまっすぐ見据えて、問いかけた。

「心当たりがあるんだな。あの人は誰なんだ？　佐伯さんみたいな浮遊霊なのか？」

「………」

「お前は、大槻類、なのか？」

伊月がその名を口にした途端、ルイがぐっと顔を強張《こわば》らせて視線を落とす。彼の反応を見て、伊月は確信を深めた。

「やっぱり、そうか。……おかしいと思ったんだ。この城もお前のその格好も、オレが昔ハマってたオンラインゲームそっくりだしな」

見覚えのある城に、衣装。あのゲームの中にも出てきたケルベロス。佐伯の家とそっくりな和室。

ルイの概念で造られたこの世界は、あまりにも自分との――、十年前までの自分との共通点が多すぎる。

だがそれも、彼が『大槻類』ならば説明がつく。

十年前の土砂災害の夜、自分たちは共に冥府に迷い込み、彼だけがここに残ったのだ。そして伊月は現世に帰り、彼のことを忘れてしまった。

――それは、何故なのか。

（ただ単に、類があの災害で命を落として冥府の王になっただけなら、オレが記憶を失くす必要はないし、ルイがあそこまで過去のことを隠す必要もない。絶対に、なにかがある）

自分はそれを、知りたい――。

「……教えてくれ、ルイ」

まっすぐルイを見据えて、伊月は再度問いかけた。

「お前はどうして、冥府の王になったんだ？　なんでオレはお前のことを……、『大槻類』のことを、忘れてしまったんだ？」

「伊月……」

「どうしてお前は、十年前のことを隠そうとしているんだ？」

畳みかけるように聞いた伊月に、ルイがぐっと拳《こぶし》を握りしめて唸《うな》る。

「……お前が知る必要のないことだ」

「そうかもしれない。でも、オレは知りたいんだ。……お前のことが、好きだから」

静かに告げた伊月に、ルイが目を瞠ってこちらを見る。

ようやく合った視線をしっかりと捕まえて、伊月は再度、自分の胸の内を伝えた。

「ルイ、オレはお前のことが好きだ」

「……い、つき……」

「だから、ちゃんと知りたい。十年前、なにがあったのか。お前がどうして、冥府の王になったのか」

ルイが悪意から自分に隠し事をしているわけではないことなど、分かっている。

きっと彼は彼なりの考えがあって、伊月に過去を思い出させないようにしているのだろう。

けれど、自分は知りたいのだ。

たとえそれで傷つくことになっても、苦しむことになっても、それでも知りたい。

彼のことが、好きだから。

「答えてくれ、ルイ。……十年前、オレたちになにがあったんだ？」

「伊月……」

伊月の告白に目を見開いていたルイが、苦しげな表情を浮かべる。

「俺は……」

拳を一層固く握りしめたルイが、躊躇うように幾度か唇を開いては閉じ、ついに覚悟を決めたように大きく口を開きかけた、――次の刹那《せつな》。

「ルイ様！　大変です、ルイ様！」

転がらんばかりの勢いで、紅が駆けてくる。サッと顔つきを変えたルイが、すぐに立ち上がって聞いた。

「なにがあった？」

「あの悪霊が、森へ向かっています！　どうやら城壁の一部が崩れていたようで、そこから侵入した模様です！　今、浅葱と山吹《やまぶき》が現世への門を必死に守っています！」

「分かった、すぐ行く！」

紅の言葉を聞いたルイが、伊月を振り返って言う。

「伊月、お前は紅と共に城へ戻れ！」

「ルイ、もしかしてその悪霊ってお前の……」

もしかして、ルイの母ではないのか。

伊月がそう続けようとしたのが分かったのだろう。ルイがぐっと堪《こら》えるような表情で唸る。

「……お前には関係ない」

「あ……！」

言うなり、ルイの姿が陽炎《かげろう》のように揺らめき、あっという間に掻《か》き消える。

一瞬目を瞠った伊月は、すぐにくしゃっと顔を歪《ゆが》めて怒鳴った。

「っ、いい加減にしろ！　いつもいつもお前は……！」

「い……、伊月様？」

苛立《いらだ》ちを露《あら》わにした伊月に、紅がたじろぐ。

伊月はフーッと肩で大きく息をして、煮えくり返る頭をどうにか落ち着けると、低い声で紅に確認した。

「……紅。暴れてる悪霊って、ルイの母親なんじゃないかっていう、あの悪霊？」

「え、ええ。そうですが……」

そう、と頷いて、伊月はきゅっと唇を引き結ぶ。

もう何度も現れては、その度にルイが憎まれながらもなんとか成仏させようとしてできずに苦しんでいる、悪霊。

ルイが、本当の母ではないと言っていた相手──。

黙り込んだ伊月に、紅がおそるおそるといった様子で声をかけてくる。

「あの……、伊月様、早く城に戻りましょう。城壁が破られたとはいえ、城の中はルイ様のお力で守られていますから……」

「……駄目だ」

「は？」

唸った伊月に、紅がぽかんと口を開ける。伊月はそれには構わず、決然と告げた。

「ルイを、助けに行く」

「あっ、伊月様！」

唸るなり駆け出した伊月の背後で、紅が焦ったような声を上げる。

お待ち下さい、と縋《すが》る声を無視して、伊月は遠目に見える森へとまっすぐ向かった――。


バンッという破裂音は、円墳に近くなるにつれて大きく、激しくなっていった。

現世への門と聞いて咄嗟《とっさ》にあの円墳が思い浮かんだが、どうやら勘は当たっていたらしい。

獣道を急いで進む伊月の後ろから、紅が必死な表情でついてくる。

「伊月様、どうか城へお戻りを……」

「ごめん、紅。それはできない」

もう何度目かの紅の懇願に同じ答えを返して、伊月は告げた。

「このままだと、ルイが危ない。ルイはきっとあの悪霊を成仏させようとするだろうけど、あいつにだけは、それができないんだ。……あの悪霊が、ルイを憎んでいるから」

伊月の一言に、背後の紅がハッとしたように息を呑む。

ぐっと眉を寄せて、伊月は目の前を遮る枝葉を掻き分けた。

――亡者を成仏させるには、その苦悩に寄り添う必要がある。苦しみや悲しみを理解し、分かってくれる存在がいて初めて、死者は成仏することができる。

だが、あの悪霊は、ルイを憎んでいる。

たとえルイがその苦悩を分かってやれたとしても、悪霊はルイの理解を決して受け入れないだろう。

だがルイは、悪霊を地獄に落とすことができない。

本当の母ではないというその人が悪霊となったのが、自分のせいだと思っているから。

悪霊の苦しみや悲しみの原因が、自分にあると知っているから――。

（……っ、優しすぎるんだよ、あいつは！）

どうしようもないと分かっていて、それでも踏み切れないその気持ちは、分からないでもない。だが、伊月の想像が正しければ、ルイも生前その人に苦しめられたはずだ。

だというのに、ルイはどうにかして救おうともがき続けている。

――彼の、継母《ままはは》を。

（あいつができないなら、他の誰かがやるしかない。成仏させることが無理なら、……地獄に落とすしかない）

生者の自分が、悪霊相手になにができるわけもないことは承知している。だが、このままではルイの身が危ない。

伊月は足をとめると、後ろを振り返って紅に告げた。

「紅。タイミングを見計らってオレが囮《おとり》になるから、悪霊を地獄に落としてほしい」

ケルベロスは、地獄の番犬だ。

ルイほどではなくとも、彼らにも悪霊を制する力が備わっているはずだ。

「生者のオレは、悪霊に狙《ねら》われやすい。うまくやれば、きっと気を引ける」

「で……、ですが、伊月様が危険です！　それにそのようなこと、ルイ様がお許しには……」

「……ルイが悪霊に倒されたら、この冥府はどうなる？」

声を低くして問いかけた伊月に、紅が赤い目を見開く。頷いて、伊月は言った。

「最悪、オレがどうなったところでそう影響はない。でも、ルイはそうはいかない。冥府の王が代替わりもせず消滅したら、大変なことになるんじゃないか？」

万が一そんなことになったら、きっと冥府は亡者で溢《あふ》れかえってしまうだろう。そうなったら、現世に影響が出ることは必至だ。

それだけは、なんとしても防がなければならない。

「やるしかないんだ、紅。……お願いだ」

ルイを助けるには、どうしても紅の力が必要だ。ルイを助けたいという気持ちは同じはず、と頭を下げた伊月に、紅が呻く。

「伊月様……」

ややあって彼は、静かに頷いた。

「……分かりました。私の持てる力のすべてで、やってみます」

「ありがとう、紅」

行こう、と促して、伊月は紅と共に先を急いだ。

――森の奥へと進むにつれ、バンッという破裂音が大きくなる。

木々の間からあの円墳が見えてきたところで、伊月は慎重に木の陰に身を隠し、そっと様子を窺《うかが》った。

（……いた！）

円墳のすぐそばには、ルイがいた。その足元には浅葱と山吹がぐったりと力なく横たわっている。ルイはこちらに斜めに背を向けて立ち、手を空にかざしていた。

どうやら円墳全体に結界のようなものを張っているらしい。

円墳の周囲をヒュンヒュン飛び回る黒い靄《もや》のようなものが、時折見えない壁にぶつかってはバンッと弾《はじ》かれていた。

（あれが、悪霊……！）

禍々《まがまが》しいその姿に息を呑んだ伊月だが、その時、悪霊がひときわ激しく体当たりを始める。一点を狙って何度も執拗《しつよう》にぶつかってくる悪霊に、ルイが小さく呻いた。

「く……！」

「主《あるじ》……、我らを主の力に戻してくれ……！」

ルイの足元にうずくまったまま、苦しげに言った浅葱の横で、山吹も切れ切れに訴える。

「力、いっぱい使っちゃったけど、今ならまだ、間に合うはずだから……」

「……っ、そんなこと、できるわけないだろう……！」

悪霊を睨《にら》み据えながら、ルイが低く唸る。

「一度消せば、お前たちはもう……！」

「……主」

よろよろと立ち上がって、浅葱が言う。その顔は、心なしか微笑んでいるように見えた。

「元より我らは主の力の一部。元に戻るだけのことだ。悪霊と決着をつけ、ゆっくり休養を取ってから、また作ればいい。主の僕となる、新たなケルベロスを」

「心配しないで。きっと新しい僕も、ルイ様のこと大好きだよ」

だって僕だもん、と山吹も懸命に立ち上がる。体の小さな山吹を助け起こしながら、浅葱が言った。

「主、早く……！　このままでは悪霊が現世に出てしまう……！」

「ルイ様、お願い……！」

震える足に力を入れて、浅葱と山吹が必死にルイを促す。

ルイの横顔がくっと歪んだ、――その時だった。

『オマエノ……ッ、オマエノセイデ……ッ！』

残響を伴った女の声が響いた次の瞬間、黒い靄の塊が一際大きくなる。バンッと強烈な破裂音が鳴り響き、ついに悪霊がルイの結界を破った。

「……っ、鎮まれ！」

すぐさまルイが手を翳《かざ》し、悪霊が白い光に包み込まれる。しかし悪霊は、オォオオオッと獣のような咆哮《ほうこう》を上げると、パンッとその光を弾き飛ばした。

「っ、く……！」

「ルイ様！」

まっすぐルイへと向かう悪霊に、浅葱と山吹が飛びかかる。だが悪霊は、凄《すさ》まじい邪気を放ちながら激しく暴れ、二頭を振り払った。

「浅葱！　山吹！」

地面に叩《たた》きつけられた二頭へと駆け寄るルイに、悪霊が迫る。

『デテイケ……！』

「っ、ルイ！」

居ても立ってもいられず、伊月はその場に飛び出した。声で気づいたルイが、こちらを振り返って大きく目を瞠る。

「伊月！　お前……！」

『セイ、ジャ……？』

今にもルイに襲いかかろうとしていた悪霊が、ぴたりと動きをとめる。

黒い靄の塊の中にぼんやりと浮かんだ、痩《や》せた青白い女にじっと凝視されて、伊月は緊張にこくりと喉を鳴らしながら問いかけた。

「覚えてませんか、大槻さん。オレ、昔高校の陸上大会で優勝して、あなたから花束をもらったことがあるんです」

『……ハナ、タバ』

「伊月、やめろ……」

ゆっくり、ゆっくりと歩み寄る伊月に、ルイが呻く。黙ってて、と視線でそれを制して、伊月は悪霊を――、ルイの継母を見つめて続けた。

「あの時のあなたは、とても悲しい目をしていた。あれは、どうしてだったんですか？」

『…………』

「あなたはどうして、類をそんなにも憎んでいるんですか？」

少しずつ距離を詰める伊月の背後で、紅が機を窺う気配がする。

あと一息、と伊月が緊張しつつも一歩踏み出した、その時。

『……セ……』

黒い靄の中から、かすかに声が聞こえてくる。小さなその声に耳を傾けようとした伊月だったが、次の瞬間、黒い靄がぶわりと膨《ふく》れ上がった。

『ワタシのムスコをカエセ……！』

「っ⁉」

声を上げる間もなく、伊月の体が靄に包み込まれる。

「伊月！」

ルイの声が聞こえたと同時に、伊月の意識は真っ暗闇に落ちていった――。

六章

——どれくらい、意識を失っていただろう。

伊月《いつき》がふっと目を開けると、そこは見覚えのない庭先だった。

（オレ……、どうして……）

自分は確か、ルイの継母の悪霊と対峙《たいじ》していたはずではなかったか。

何故こんなところにいるのだろうと混乱しながら、伊月は辺りを見回す。

（ここは……？　大きな屋敷だけど……）

戸惑う伊月の耳に突如、バチンッと破裂するような音が飛び込んでくる。咄嗟にそちらを見やった伊月は、大きく目を瞠った。

（え……）

庭に面した座敷には二人の女性と小さな男の子がいた。体勢から察するに、どうやら片方の女性が男の子の頬を叩いたらしい。男の子は頬を押さえ、茫然《ぼうぜん》と目を見開いていた。

肩で息をした女性が、激情にわなわなと震えながら叫ぶ。

「私を母と呼ぶことは許しません……！」

「……っ！」

息を詰めた男の子は、ぎゅっと拳を握りしめるなり、どこかへ走り去ってしまう。ちらりと見えたその横顔に、伊月はあっと息を呑んだ。

（類《るい》……！）

随分幼いからすぐには分からなかったが、彼は類だったのだ。

（ってことは、これは過去の出来事……？）

そういえば先ほどから声が出せないし、身動きも取れない。どうやら自分は過去の出来事を見ているらしいとようやく悟った伊月をよそに、女性がその場にくずおれる。

もう一人の女性が、彼女に駆け寄ってその肩を抱いた。

「奥様……！」

「やっぱり駄目……！　いくらこの家のためでも、あの女の子供なんて受け入れられない！」

髪を振り乱して彼女が――、類の継母が、慟哭《どうこく》する。

「どうして……ッ、どうして死んでしまったの、私の赤ちゃん……！」

（あ……）

その一言で大体の事情を察して、伊月は唇を引き結んだ。

――おそらく彼女は自分の子を流産か死産で亡くしたのだ。そして、愛人の子である類が跡継ぎとして引き取られてきた――。

「お願いだから、返して……！　私の子供を返してよ……！」

隣の女性にしがみつき、天に向かって叫ぶ。

きっと彼女はずっと苦しんできて、この後も苦しみ続けて、そして悪霊と化してしまったのだろう。

伊月は思わず、彼女の元に歩み寄っていた。

（……辛かったですね）

先ほどまでまるで身動きが取れなかったのに、どうして動けたのかは分からない。けれど、彼女を抱きしめてあげたいと思ったら、勝手に体が動いていた。

（どうして自分の子がって、返してって、思いますよね。でも……、でも、どんなに苦しくても、命は戻ってはこないんです）

伊月も、彼女と同じ苦しみを味わったことがあるから分かる。

どうして両親が亡くならなければならなかったのか。

あの時、自分がもっと早く異常に気づいていたら、両親は死なずに済んだのではないか。

両親の死は、自分に責任があるのではないか――。

「私が……、私がちゃんと産んであげられなかったせいで……」

（違う……、違うよ。どうしようもなかったんだよ。だからそんなに、自分を責めないで）

「あの子はなにも悪くないのに、私だって頭では分かっているのに、どうしても受け入れられない……！　どうしても、憎んでしまう……！」

（……あなたのせいじゃない。類も、きっと分かってくれる。今は難しくても、きっといつかあなたの苦しみを理解して、許してくれる）

だからもう、泣かないで。

もう、苦しまないで。

咽《む》び《せ》泣く彼女を抱きしめ、幾度もその背を撫《な》でる。心の中で懸命に呼びかけながら、何度も、何度も。

――と、その時だった。

不意に、女性の背を抱きしめる伊月の手が、淡い光に包まれ始める。

（え……？）

気づいて驚いた伊月だったが、その刹那、二人のすぐそばに、小さな白い光の玉がふわりと現れた。

ふわ、ふわ、と彼女に甘えるように漂う白い光に、伊月はもしかしてと目を見開く。

（もしかして、この光……）

おそらく、彼女の亡くなった赤ちゃんだろう。

周囲を漂うその光に誘われるようにして、彼女の中から黒い靄が抜け出ていく。

するとその白い光は、ふわ、ふわ、と天へと昇っていって――。

（あ……、靄が、白く……）

光を追いかけていく黒い靄が、じょじょに白く、淡い光へと変わっていく。すうっと優しい光に変わった靄は、白い光の玉をまるで抱きしめるようにして、天へと昇っていった。

（もしかして……、成仏、した……？）

茫然とする伊月だったが、その時、ズキンッと強く頭が痛む。

（……っ、な……）

思わず目を閉じた伊月の脳裏に、いくつかの場面が一気に甦《よみがえ》る。

『……おれ、雪合戦したい』

『いいよ！　雪だるまも作ろ！　約束な！』

『お前、名前は？　おれは、類。大槻《おおつき》類』

『オレ、伊月！　北浦《きたうら》伊月！』

（これ……、もしかして、一番最初に類に会った時の……）

『えっ、なにそのほっぺ！　真っ赤だよ！』

『……別に、なんでもない。転んで、ぶつかっただけだ』

『そっか……。痛い？』

『……痛い』

『そっかぁ……』

（確かこの時は佐伯《さえき》さんの家に類を連れていって、頬を冷やしてもらって……）

『類ー！　このストラップ、買って帰ろ！』

『は？　なにこの不細工なマスコット』

『なー、めっちゃ可愛いよな！』

『いや、可愛くないし』

『お揃いで付けような！　修学旅行の記念！』

『付けないし』

（そう言ってたけど、結局類、一緒に買ってくれたんだよな。いつだったか偶然見たけど、ずっと前にあげた埴輪《はにわ》のキーホルダーと一緒に、こっそりカバンの内ポケットに付けてくれてて。オレはそれが嬉しくて……）

『あんまりくっつくなよ。暑いだろ』

『まあそう言うなって。オレさっき、隣のクラスの女子にコロン借りたんだ。ほら、女子の匂いしない？』

『……馬鹿なのか？』

（ああ、そうだ。この時オレは、本当は傷ついてたんだ。類のことが好きだったから……）

急速に甦る記憶のどれもが類との大切な、かけがえのない思い出で、伊月は込み上げてくる熱いものをぐっと堪えた。

（オレ……、オレは、どうしてこんなに大切な思い出を忘れていたんだ……！）

これまでの感情が一気に溢れ、今にも泣き出しそうな伊月の脳裏で、最後のひと欠片《かけら》が一際強い輝きを放つ。

それは十年前のあの夜、伊月がすべてを失った日の記憶だった——。


ザアザアと、強い雨が降りしきる。

暗闇の中、土砂に押し流された自宅の二階で茫然とへたり込んでいる高校生の自分を、伊月は少し離れたところから見ていた。

『と……、父さん……、母さん……』

（……ああ、これは、あの夜の記憶だ……）

先ほど類と継母との過去を見ていた時と同じで、声も出なければ体の自由もきかない。駆け寄って、今すぐ逃げろ、立てと声をかけてやりたいのに、指一本動かせなかった。

ゴウゴウと渦巻く強風に晒《さら》されながら、混乱と恐怖のあまり震えることしかできないでいる自分を歯がゆく眺めつつ、伊月は記憶を辿る。

（確かこの後、オレは隣の佐伯さんの家に飛び移ったはずだ。スニーカーを借りて、父さんと母さんを探しに行くはず……）

と、その時だった。

『伊月！』

茫然自失している伊月に、隣家から声がかけられる。

──類だった。

（……っ、なんでこんなところに類が……！）

驚いたのは、過去の自分も同じだったらしい。

『類……!?　どうして……』

目を瞠る伊月に、類が叫ぶ。

『佐伯さんが心配で、様子見に来たんだ！　電話しても誰も出なくて、勝手口いつも鍵かかってないから、そこから入った。立て！　そっちは危ないから、こっちに来い！』

『う……、うん！』

類の一声で、伊月が弾かれたように立ち上がる。差し伸べられた手に掴《つか》まり、隣家に飛び移った伊月は、堪えていたものが溢れ出したようだった。

『類……！　類、オレ……っ』

『もう大丈夫だ。……大丈夫だから』

座り込んだ伊月を抱きしめて、類が何度も声をかける。伊月が落ち着くまで背をさすり続けた後、類は待ってろと言いおいてどこかへ行くと、すぐにスニーカーを手に戻ってきた。

『これ、この間遊びに来た時に俺が忘れてったやつ。授業用のだけど、とりあえずこれ履け』

『う、うん……。……類、オレの家、一階が……。父さんと、母さんが流されて……』

震えながら訴えた伊月に、類が言う。

『分かった。伊月、お前はここにいろ。二階にいれば大丈夫だと思うけど、危なくなったら屋根に逃げろ』

『類は？』

『俺は、おじさんとおばさんを助けに行く』

『……っ、オレも行く』

（……ああ、そうだ。それでオレ、類と一緒に父さんと母さんを助けに行こうとしたんだ）

少しずつあの夜の記憶が戻ってきて、伊月は佐伯の家を出た二人を見つめた。

明かりもない真っ暗闇の中、激しい雨に打たれながら、すっかり様変わりしてしまった町の中を探し歩く、自分と類。

途中、土砂に埋まった人を見つけては駆け寄り、二人で助け出す。すでに息絶えている人の顔を確かめては両親ではないことにほっと安堵し、そんな自分に自己嫌悪して。

膨れ上がる罪悪感と、助けられなかった申し訳なさに涙ぐむ伊月を、類は何度も優しく励まし、促してくれた。

『きっと大丈夫だ。おじさんもおばさんもどこかで助けを待ってるはずだから、先を急ごう』

その言葉が、優しく肩を叩いてくれる温《ぬく》もりが、どれだけ心強かったか。どれだけ、ありがたかったか。

(類がいなければ、オレはきっと恐怖に固まったまま、身動きできなかった)

類がいてくれたから、両親のために行動できた。助けることは叶わなかったけれど、それでもなにもしなかったという後悔を覚えずに済んだのは、類のおかげだ。

(類がいてくれたから、オレは諦《あきら》めずに歩き続けられた。一人じゃきっと、できなかった)

記憶と共に当時の感情が甦って、伊月はぐっと唇を引き結んだ。

——やがて、迫る土砂から逃げようと、二人が林の中へと入っていく。ほどなくして辿り着いたのは、あの円墳だった。

『……どうか、オレの両親を守って下さい』

思い詰めた顔で膝をついた十年前の自分が、円墳に向かって祈る。その隣で、類も膝をついて祈ってくれていた。

『どうか両親を、皆を、助けて下さい。お願いします……！』

『お願いします……！　どうか……！』

——と、目を瞑《つむ》っている二人の前に、白い光が現れる。

強い光に反射的に顔を上げた二人の前には――、深くフードを被《かぶ》った、性別不明の人が立っていた。

『え……』

『おお、これは珍しい。生者が二人、それもどちらも強い鎮魂の力を備えた者が現れるとは』

フードの奥から、女性の声が聞こえてくる。

若いが嗄《しゃが》れた声はどこか聞き覚えがあるもので、伊月は息をひそめてじっと成り行きを見守った。

――おそらくこれが、自分がずっと知りたかった、そしてルイがずっと隠していた、十年前の秘密だ。

『あ……、あなた、は……？』

『どなたですか？　どうしてここに……』

突如現れた女性に戸惑う二人をよそに、女性がくっと笑みを零して思案する。

『さぁて、どちらが儂《わし》の跡継ぎにふさわしいか……』

（……っ、跡継ぎ、って……）

その一言に、伊月は女性を凝視した。

つまり、彼女がルイの前に冥府の王だった人――。

『やはりここは、より力が強い方を選ぶべきじゃの。……そなた』

すっと、女性が指をさす。

しかしそれは類ではなく——、伊月だった。

『そなた、儂と共においで。そなたは冥府で七年過ごした後、王となるのじゃ。鬼籍に入らねば、王にはなれんからのう』

『は……？』

ぽかんとした伊月の横で、類が警戒を露わにする。

『……伊月、下がれ。この人、なんだかおかしい』

『お前に用はない。現世に戻してやろう。隣の者から離れよ』

『あんたに指図される謂《い》われはない。行こう、伊月』

伊月の手首を掴んだ類が、その場を離れようとする。しかしその時、二人の前に白い靄のようなものが複数、ぼうっと現れた。

『なんだ、これ……』

『亡者共が、こんなところまで現れおったか。やはり儂の力も弱くなっておるのう』

早《はよ》う代替わりせねば、とぼやいた女性が、靄に手を伸ばそうとしている類に言う。

『そやつらに触れれば、死ぬぞ』

『……っ、なんだと？』

『類、いいから行こう。すみません、オレたち先を急ぐので……』

なだめるように言った伊月が、類を促して靄を突っ切ろうとする。すると、女性がため息をついて呟《つぶや》いた。

『仕方ないのう。ここで見殺しにするわけにもいかんしの』

（え……）

すい、と女性が手を翳した次の瞬間、類と伊月の姿が陽炎のように揺らめき、消える。

二人のいた場所にゆったりと近づいてくる亡者たちを、シッシッと散らして、女性がフードを取った。

（あ……、この人、図書室にいた……！）

驚く伊月の前で、彼女が身を屈《かが》める。円墳の前に置き去りにされた伊月の携帯を手に取った彼女は、ふうと肩で息をして言った。

『ふむ、現世の機械か。とりあえず、童どもには城で説明してやるとして……、……ん？』

と、顔を上げた女性の視線が、バチッと伊月と合う。思わず硬直した伊月をじっと見つめて、女性は首を傾《かし》げた。

『おや、これはどういうことじゃ？　そなた、先ほどの童じゃろう？』

明らかに自分に向かって話しかけられて、伊月は当惑した。

（オレが、見えてる……？）

先ほどまで誰もこちらが見えていない様子だったのにどうしてと戸惑った伊月だが、女性はスッとこちらに歩み寄るとおもむろに手を翳す。

『うん？　そなた、記憶が沈んでおるな。どれ、その記憶、少し覗かせてもらうぞ』

（……っ）

彼女の手が目の前を遮った次の瞬間、伊月の視界が真っ暗になる。

目を瞑ったわけでもないのに何故、と息を呑んだ伊月だったが、その時、真っ暗な視界にぼんやりと光が灯《とも》り、まるで映画のように映像が見えてきた。

——そこは、伊月の知らない部屋だった。

石造りの壁に、鮮やかな原色の家具。不思議な雰囲気のお面や楽器などが飾られたその一室に、疲れた様子で眠る伊月と、その傍らに座り、髪を撫でている類がいた。

（これ……、もしかしてさっきの続きか……？）

二人の姿は十年前のものだが、泥で汚れていた服や靴は綺麗《きれい》になっており、その表情も先程より幾分落ち着いている。どうやら、あれから数日経っているらしかった。

伊月の髪を撫でながら、類が口を開く。

『……ごめんな、伊月。でも、おじさんとおばさんは、俺がちゃんと天国に送るから』

呟いた類が、伊月の肩に布団をかけ直して部屋を出ていく。

『ん……、類……？』

ドアの閉まるわずかな音で起きた伊月は、ベッドを飛び出すと慌てて類の後を追った。

長い廊下を進む類の背を、不安な顔をした過去の自分が物陰に隠れながらついていく。

伊月は、二人の後をゆっくりと追った。

やがて類が、とある部屋に入っていく。

廊下に身をひそめた伊月は、わずかに開いた扉の間から中の様子を窺っていた。

『おや、お前か。現世に帰る気になったか？』

部屋の中には、あの女王がいた。その足元には、見事な斑紋《まだらもん》模様の巨大なジャガーが横たわっている。

女王の背後には、大きく開け放たれたバルコニーが見える。

月のない冥府の夜空には、満点の星が輝いていた。

『伊月には及ばぬとはいえ、お前も強い力を持っているからな。抵抗されると、うまく現世に帰してやれぬ。お前も、十年後や百年後に帰されても困るだろう？』

グルル……、と類を警戒するように唸るジャガーをなだめるように撫でながら言う女王に、類が頷いて言う。

『ああ。だから、今のうちに現世に帰してくれ。……ただし、俺じゃなく伊月をだ』

（な……！）

なんてことを言い出すのかと驚いた伊月をよそに、女王が片方の眉を上げて問いかける。

『まさか、お前が冥府の王になるとでも言うのか？　だが、鎮魂の力は伊月の方がはるかに強い。なにせあの子は、目の前で両親を失っておるからのう』

『だが、俺にもその鎮魂の力とやらがあることは確かだろう』

食い下がる類を、女王が笑い飛ばす。

『笑止。お前は王の器ではないわ。確かに、お前にも鎮魂の力はある。だが、お前の力は心を伴わぬ。他人の苦しみに添うことのできぬ者に、冥府の王は務まらぬ』

『……そうかもしれない』

ぐっと拳を握りしめた類が、女王をまっすぐ見据えて言う。

『確かに俺は、伊月以外の人間がどうなろうが、正直どうでもいい』

まさか自分の名前を出されるとは思わなかったのだろう。廊下から中の様子を窺う伊月の背に、緊張が走る。

(……類)

固唾《かたず》を呑んで見守る過去の自分と共に、伊月もまた、過去の類を見守った。

『家族の情を知らず、他人に興味のない俺が、死者の苦しみに寄り添うことは難しいかもしれない。でも、だからこそ分かる苦しみだってあるはずだ。人が当たり前に与えられる愛情を知らない苦しみも、そのことで周囲に抱く嫉妬も、劣等感も、俺は誰よりも知っている。死者の苦しみに寄り添ってはやれなくても、一緒に苦しんでやることはできる』

『……ほう』

類の主張に、女王が面白そうに目を光らせる。

『まあ確かに、一理あるがな。だが、それだけでは……』

『それだけじゃない。俺を無理矢理現世に帰して、もし大きく時代がずれたら、あんただって困るだろう』

女王を遮った類が、淡々と言う。

『あんたは最初、俺たちを亡者から助けた。冥府で生者が命を落とせば、それは王の責任になるからだ。代替わりまでに七年待たなきゃならないのも、失踪して七年経たなければ死んだことにならないからだろう？　だとしたら、迷い込んだ生者についても、無事に元の時代に帰さなきゃならないんじゃないか？』

『…………』

『冥府の王って言っても、案外制約が多いんだな』

黙り込んだ女王に確信を得て、類が冷静に続ける。

『あんたが俺を現世に帰すって言うなら、俺は全力で抵抗する。でも、伊月を無事に帰してくれるなら、俺が冥府の王を引き受ける。力不足は努力で補う』

『……簡単に言うてくれるわ』

ハア、とため息をつく女王を気遣うように、ジャガーが彼女に頭を擦《こす》りつける。巨大なジャガーをゆったりと撫でて、女王が類に問い返した。

『では聞くが、お前、冥府の王がどういう存在か、分かっているのか？　この孤独な世界で数百年、ひたすら死者の魂を慰め、諌《いさ》め、導き続けなければならぬのだぞ。自己犠牲で引き受けたところで、到底精神が保《も》たぬわ』

『なら、伊月の……、いや、俺が関わったことのある人たちすべての記憶から、俺を消してくれ。最初から俺という存在がなかったことになれば、現世に戻っても伊月は苦しまずに済む。あいつが幸せでいてくれたら、俺も未練を断ち切ることができる』

（類……）

類の言葉に、伊月はたまらず声にならない声で叫んでいた。

（なんで……、なんでそんなこと言うんだよ……！　オレはお前がいなきゃ……！）

廊下で様子を窺っていた十年前の自分も、同じ思いを抱いているのだろう。今にも部屋に飛び込みそうな様子だったが、その時、女王がニヤリと笑うなり、とんでもないことを類に問いかける。

『なるほど、美しき友情じゃの。それとも、恋情かの？』

『…………』

（は……？　れ、恋情……？）

一体なにを言うのかと困惑した伊月をよそに、類が低く唸る。

『……あんたには関係ないだろう』

不愉快そうなその声は、まるで図星を指されてふてくされているような様子で。

（まさ、か……）

類の想《おも》いに気づいて、伊月はうろたえてしまった。

十年前、彼も自分と同じ想いだったのだ。

類も、自分のことを好きでいてくれたのだ——。

『なるほど、若いのう。だが、そういうことならば、お前にも冥府の王は務まるかもしれん。己を救ってくれた唯一無二の相手を助けるためなら、な』

幾分かやわらかくなった女王の声が聞こえてきて、廊下にいた伊月がハッと我に返る。

慌てて部屋に入ろうとした伊月だったが、女王の姿はゆらりと陽炎のように消え——、伊月のすぐ後ろに立っていた。

『……ならばルイ、お前の願いを聞き届けてやろう』

息を呑んだ伊月に、女王が手を伸ばす。その顔は、慈悲深い微笑みを浮かべていた。

『その代わり、お前が次の冥府の王じゃ』

『やめ……っ！』

過去の自分が声を上げた途端、伊月の意識は彼と同調していた。

先ほどまでは彼の後ろ姿が見えていたはずなのに、今は彼と同じ景色が、——満点の星空が、見える。

『伊月！』

驚いたような類の声が、耳の奥で聞こえる。

月のない冥府の夜空に広がる無数の星々の煌《きら》めきを最後に、伊月の意識はぷっつりと途切れた――。

——耳の奥に残る、自分を呼ぶ声。

その声が何故《なぜ》か二重に聞こえた気がして、伊月《いつき》はふっと瞼《まぶた》を開けた。

「伊月！　しっかりしろ、伊月！」

「ル、イ……？」

倒れ込んだ自分を抱き起こしてくれていたのは、銀色の長い髪を振り乱したルイだった。

先ほど長い、長い記憶を辿《たど》っていた時とはまるで違う姿の、でも紛れもなく同一人物である彼の背後に、天へと立ち昇っていく黒い靄《もや》が見える。

すうっと白く色を変えた靄のそばに小さな白い光の玉が寄り添っているその様子は、見覚えのあるものだった。

（あれ、もしかして、ルイのお義母《かあ》さん……？　だとしたら、ちゃんと成仏したんだ……）

ほっと安堵《あんど》し、うっすら微笑《ほほえ》んだ伊月に、ルイが青い顔で問いかけてくる。

「大丈夫か、伊月？」

「……うん。オレ、鎮魂の力を使った、みたいだ。おかげで全部、思い出した。十年前、なにがあったのかも」

「……っ」

伊月の言葉に、ルイが大きく目を瞠《みは》る。

身を起こした伊月は、スッと目を眇《すが》めて手を伸ばし――、彼の胸ぐらを、摑《つか》んだ。

「……お前、自分がなにしたか分かってるのか、類《るい》」

「伊、月……」

「もちろん、オレのためを思ってしてくれたことなんだろうな。けど、……けど、こんなのは裏切りだろ……！」

語気を強めた伊月に、ルイの喉がヒュッと鳴る。

浅葱《あさぎ》たちを助け起こした紅《くれない》が、伊月様、と驚いたように声をかけてくるのを無視して、伊月はルイの目をまっすぐ見て低く唸《うな》った。

「……分かってる。お前がオレに黙って女王と交渉したのは、そうしなきゃオレが冥府の王になることを受け入れてしまうからだ。分かってる、分かってるよ。でもな、たとえそうだとしても、あんな騙《だま》し打ちみたいな真似《まね》はするべきじゃないだろ！」

「……ああ」

「オレのこと好きだからか!?　好きだったらなにしてもいいのか!?　オレの気持ちも無視していいのか!?」

一気にまくし立てる伊月に、ルイがぐしゃりと顔を歪《ゆが》める。

「お前の言う通りだ。俺が、すべて悪い。……すまなかった」

「……どうせ、オレがこうやって怒るのも予想済みだったんだろ」

伊月の言葉を全肯定して謝るルイに、伊月は強い視線を向け続けた。

おそらくルイは、伊月を冥府に呼んだ時にこうなる可能性に気づいていたはずだ。だからこそ、伊月が記憶を取り戻さないよう、関わりを避けようとしたのだろう。

だが、彼は分かっていない。

伊月がどうして怒っているのか。

どうして、類がそうする他なかったと分かっていて、それでも彼を責めているのか、――分かっていない。

(この……、鈍感!)

心の中で罵《ののし》って、伊月はぎゅっとルイの胸元を強く握りしめて言った。

「お前、あの水盤で十年間、オレのこと見てたんだろ。だから、オレが落盤事故に巻き込まれたのにもすぐ気づいたんだよな。でも、それならどうして分からないんだよ」

「……伊月?」

「オレはこの十年、ずっとなにかが欠けたような気がしてた。誰と付き合ってもどこか違う気がして、この人じゃないって思ってはその度に何様のつもりだよって自己嫌悪してた。好きだって言ってくれる人に同じ言葉を返せない自分が、嫌で、嫌でたまらなかった」

まともに人を好きになれない自分はどこかおかしいんじゃないかと、何度も悩んだ。

でもそれは、忘れたはずなのに忘れきれなかったからだった。

ずっと、ルイのことを想《おも》っていたからだった。

「……オレは、お前のことが好きだった」

くしゃりと泣き笑いのように顔を歪めて、伊月は告げた。

驚いたように目を瞠るルイの、その紫がかった黒い瞳を見つめて続ける。

「お前のことが好きで、記憶を失っても好きで、だからずっと他の誰も好きになれなかった。それだけじゃない。オレはもう一度、お前のことを好きになってしまった。……また、忘れてしまうのに」

「い、つき……」

「……どうしてくれるんだよ」

ぐっと目に力を入れて、伊月はルイを見据《みす》えた。

「お前、またオレを苦しませる気か？　訳も分からず、他の誰も愛せないで苦しんでるオレを、ただ黙ってここから見てるって言うのか？　お前だって、オレのことずっと忘れられなかったくせに！　十年ずっと、好きだったくせに……！」

「っ、伊月……！」

激昂《げきこう》した伊月の唇に、ルイが唇をぶつけてくる。

ガキンッと歯が当たって、その痛みに顔をしかめつつも、伊月は無我夢中でキスに応えた。

「ん……っ、ん、う……！」

「伊月……っ、好きだ、伊月……！」

キスの合間に、幾度も幾度もルイが囁《ささや》いてくる。

自分よりも、——生者よりも冷たい唇にジンと目の奥が熱くなって、伊月は一層強くルイの衣を握りしめた。遅いんだよ、バカ。

「……何度も、お前を冥府にさらってしまおうと思った」

は……、とくちづけを解いて、ルイが絞り出すように言う。

「自分で選んだことなのに、そうなることを望んでいたはずなのに、それでもお前が誰かを愛そうとする度、心が痛くてたまらなかった。お前が過去に囚《とら》われ続けているのがもどかしくて、申し訳なくて、……それなのに、どうしようもなく嬉《うれ》しくて」

「……最低だな」

そんな思いで自分を見ていたのかと軽く睨《にら》んだ伊月に、ルイが目を伏せて言う。

「ああ。だが、最初は本当に、お前が現世で幸せになってくれればそれでよかったんだ。俺があの地獄みたいな家で耐えられたのは、お前がいてくれたおかげだ。お前のためなら、なんだってできる。……なのに、お前が俺のせいで苦しんでいるのを見て、……欲が出た」

視線を上げたルイが、こちらへ手を伸ばしてくる。じっと見つめられながら長い指先でさらりと髪を梳《す》かれて、伊月はどんな顔をしていいか分からなくなってしまった。

「お前があんなにも苦しんでいなければ、俺だってきっと割り切れた。自分で選んだことだからと納得して、お前の幸せを喜んでやれた。でも、お前はずっと一人で苦しんでいた。俺のことを、忘れなかった」

記憶からも記録からも消された自分のことを、世界でたった一人だけ、覚えてくれている存在。

名前も顔も思い出せなくても、心の奥底の大切な場所にずっと自分を置いてくれているその人は、長年そばで想い続けてきた相手で。

——割り切れるはずだった想いが、膨《ふく》れ上がってしまった。

諦《あきら》めきれなく、なってしまった。

「……だから、お前が半年前にあの女と付き合い始めた時は、気がおかしくなりそうだった」

低く呟《つぶや》いたルイが、そっと伊月の頭を自分の肩に引き寄せる。背に回された腕は、まるで溺れることを恐れるかのように強かった。

「いっそ冥府に連れ去って、あの女のことを忘れるまで現世に帰さないでいようかと何度も考えた。何度も、何度も誘惑に駆られて、……できなくて。それなのにお前は、あんなところで命を落としかけた」

「……オレがあのまま死んでたら、お前の望みは叶《かな》ったんじゃないか？」

最初に会った時、水盤を見ていて、偶然伊月が落盤事故に巻き込まれるのに気づいたと言っていたのも、わざと誤解させるような言い方をしたのだろう。おそらくルイは、度々伊月の様子を窺《うかが》っていて、必然的に事故に気づいたに違いない。

だとすればルイは、あの事故を見過ごすこともできたはずだ。自分が死んで魂だけになったら、成仏させずに冥府に留め置くことも簡単にできたのではないか。

そっと聞いてみた伊月だったが、ルイは伊月を抱きしめたまま頭を振って言う。

「そんなことを考えるより早く、お前を助けようと体が動いていた。俺は……、俺は、お前に生きていてほしい。たとえ俺のものにならなくても、他の誰かと人生を共にしてもいい。お前が望まない死を遂げることだけは、耐えられない」

「……ルイ」

「それがはっきり分かったから、今度こそお前をきちんと送り出して、この気持ちに区切りをつけようと思っていたのに……」

それなのに、とかすれた呻《うめ》き声が聞こえてくる。ぎゅっと強くなった腕をぽんぽんとなだめるように軽く叩《たた》いて、伊月は告げた。

「……麻耶《まや》さんとは、別れるよ。オレが彼女に見ていたのは、お前の面影だったって分かったから」

「……伊月」

「結局オレは、どうしたってお前以外好きになれないんだ」

半ば諦めるようにくしゃっと顔を歪めて、伊月はルイに謝った。

「……オレのせいで苦しませてごめんな、ルイ」

本当なら自分が背負わされるはずだった孤独を、ルイに背負わせてしまった。

いくら彼が自分の意思でそれを選び、伊月の気持ちを無視したとしても、それでも一番大事な人を自分のせいで苦しませてしまったということは事実だ。

しかも彼は、この先幾百年も冥府の王として役目を果たし続けなければならない。

――伊月の、代わりに。

「ずっと一人にして、ごめん。置いていって、ごめん。オレのせいで、……ごめん」

重くて苦いものに喉が塞《ふさ》がれたようで、いくら謝っても足りなくて、それなのにうまく言葉にできなくて。

しがみついた伊月を抱きしめて、ルイが唸る。

「……謝らないでくれ。俺が、選んだことだ。こうなったことは絶対に、絶対にお前のせいじゃない」

「でも……っ」

「俺の方こそ、ごめん。お前を守りたかったのに、結局お前を傷つけた。お前にまで、重い枷《かせ》を背負わせた。一瞬だって、俺のことを負い目になんて思わせたくなかったのに」

ぎゅっと、伊月を抱くルイの腕に力が込められる。狂おしげに声を震わせて、ルイは苦しい胸の内を絞り出した。

「お前以外好きになれないのは、俺の方だ。そのお前が俺のことを思い出してくれて、過去も、今も俺を好きになってくれて、嬉しいなんて言葉じゃとても足りない。それなのに……、それなのに俺は、お前に忘れてほしいと思わずにはいられないんだ。忘れられるのが怖いのに、嫌で嫌で仕方ないのに、お前の記憶から俺を消し去りたい。お前を苦しませる自分が、憎くてたまらない……！」

「っ、ルイ……」

たまらずルイに手を伸ばして、伊月はその唇をキスで塞いだ。幾度も角度を変えてくちづけながら、懇願する。

「もう……っ、もう、分かったから……っ」

「伊月……」

「お願いだからもう、自分を責めるのはやめてくれ……！」

ルイがそうであるように、自分だってルイを苦しませたくない。

彼に、自分のことを負い目に思ってほしくない。

けれどもう、それは望めないのだ。

互いへの想いで雁字搦《がんじがら》めになってしまった自分たちは、もう同じ苦しみを抱えていくしかないのだ。

「ルイ、好きだ。オレはお前が好きだよ。お前は？」

泣き出しそうな顔で、それでも笑いながら、伊月は懸命に自分の気持ちを伝えた。伊月、と目を瞠ったルイが、微笑む。

「……ああ。俺も、好きだ。……お前が、好きだ」

「ルイ……」

近づいてくる唇に、伊月がそっと目を閉じかけた、――その時だった。

「……あの、僭越《せんえつ》ながら、続きは城に戻ってからにしてはいかがでしょうか」

ゴホンという咳払《せきばら》いと共に、紅が声をかけてくる。ハッと我に返った伊月は、ルイの胸元をぐいっと押し返し、慌てて立ち上がった。

「ご、ごめん……！　あの、忘れてたわけじゃ」

見れば、紅の両隣には浅葱と山吹《やまぶき》もちょこんと座っている。二頭とも紅に応急手当をしてもらったようで、少し疲れた様子ながらも無事だった。

「……大事な話だったからな。我々のことは目に入らなくて当然だ」

穏やかに言う浅葱に、一層恥ずかしさが募る。山吹も、いつもと変わらない様子でそうそうと頷《うなず》きつつ言った。

「でも、僕たちがこのまま声かけないで帰ったら、二人とも我に返った後で色々気にして、帰って来づらいかなって。まあそのまま帰って来なくてもいいいんだけどね！」

すっかりいつも通りのケルベロスたちに苦笑して、ルイが立ち上がる。

「先に戻っていてくれ。俺は伊月と一緒にゆっくり歩いて帰る」

「はい、ルイ様」

「道草はほどほどにね！」

しっかりと釘《くぎ》を刺す山吹に分かったと笑って、ルイが手を差し伸べてくる。

「行こう、伊月」

「……ん」

少し顔を赤くしながらもその手に手を重ねて、伊月は歩き出した。

手を繋《つな》ぐのは何年振りだろうと、そう思いながら。

濃紺の夜空に、無数の星が瞬いている。

もうだいぶ見慣れた冥府の夜の情景を、部屋の窓から眺めていた伊月は、コンコンというノックの音に振り返った。

「……開いてるよ」

「少し、呑《の》まないか。まあ、気分だけだが」

現れたのは、ルイだった。その手にはシャンパンとグラスがある。

「もう寝るところなら、出直すが……」

「いや、大丈夫。こっちで呑もう」

もしかしたら来るかもと思って待っていたとはさすがに気恥ずかしくて言えず、窓際のソファとローテーブルへとルイを招く。

ドアを閉めて入ってきたルイも、伊月と同じく湯上がりのようで、いつもの冠は身に付けていなかった。

想いを伝え合った帰り道、伊月はルイと手を繋いで歩きながら、思いつくままにこれまでのことをあれこれ話した。

誰かと雪合戦をするのは類が初めてだったこと。類が頬を腫《は》らしていた時、本当は継母《ままはは》に叩かれたんだろうと気づいていて、どうしていいか途方に暮れて、元気が出るように一生懸命だったこと。

昔あげた埴輪《はにわ》のマスコットをずっと大事にしてくれていると知っていたこと。埴輪と一緒に、修学旅行でお揃《そろ》いで買ったゆるキャラのキーホルダーをつけてくれているのが嬉しかったこと。類の気を引きたくて、いい匂いだなと言ってほしくて女子にコロンを借りたこと——。

戻ってきたばかりの記憶はどれも鮮明で、それでいて懐かしくて、夢中で話す伊月に、ルイは静かに相槌《あいづち》を打ってくれていた。少し目を伏せたその横顔に見とれていると、気づいたルイが立ち止まって、唇を啄《ついば》んできて——。

(結局、道草はほどほどにって言ったのにって山吹に呆《あき》れられちゃったな)

二人掛けのソファの隣に座ったルイが、ポンッと栓を抜き、シャンパンを注いでくれる。

やわらかなランプの光に照らされ、シュワシュワと泡が煌《きら》めくグラスを軽く重ねて、伊月は笑った。

「なんか、変な感じだな。類と酒呑める日が来るなんて思ってなかったから」

「ああ、俺もだ。でも、いつもお前が大学のサークルや研究室の飲み会に参加しているのを見て、羨《うらや》ましいと思ってた。俺も『とりあえず生で』って言ってみたかった」

「じゃあ今度、ビールとか枝豆とか、居酒屋のメニュー揃えてもらおうか。紅たちも人間の姿になってもらって、一緒に飲み会しようよ」

伊月の提案に、ルイがいいなと笑う。

爽《さわ》やかな香りのシャンパンを傾けつつ、伊月は聞いてみる。

「他は？　なにがしたい？　さすがに雪合戦とかは難しいだろうけど」

「いや、できるぞ、雪合戦。城の外だが、年中雪が降っている山があってな」

「えっ、じゃあスキーもできる？」

「ああ。スノボもできる」

マジかと目を輝かせる伊月に、マジだとルイが笑う。

目元をくしゃっとさせる笑い方が、記憶の中の彼とそっくり同じで、伊月はついその顔に見入ってしまった。

今までルイがこんな顔を見せてくれていなかったのは、些細《ささい》なきっかけでも伊月の記憶が戻らないようにと考えたからだったのだろう。

（ホントにこいつ、オレのこと好きなんだな……）

十年前、類を好きだと気づいてずっと悩んでいた自分に教えてやりたいと思いつつ、ルイを見つめていた伊月だったが、その時、ルイが視線に気づいて顔を上げる。

「時々山吹にせがまれて、雪だるまを作りに行ってやって……、……伊月？」

「あ……」

「どうした？」

ふ、と笑ったルイが、グラスを置いて身を寄せてくる。

伸びてきた手に自分のグラスも取られてしまって、伊月は所在なく視線を迷わせた。

「いや……、ルイ、本当にオレのこと好きなんだなって思って……」

「今更なんだ」

苦笑したルイは、見た目の成長が三年前にとまっているはずなのに、今の自分よりも大人びて見える。

(童貞のくせに……)

自分もそう経験豊富なわけではないことを棚に上げ、心の中で唸る伊月の手を取って、ルイが楽しそうに告げてきた。

「教えてやろうか、伊月。俺の初恋は、お前だ」

「……マジ？」

「ああ。あの雪の日、ミカンをくれたお前に、俺は恋をしたんだ。お前の初恋は、幼稚園の先生だったけどな」

幼い頃からのなにもかもを知られている相手というのは、こういう時に分が悪い。

そうだけどさ、と少しむくれた伊月を、ルイがじっと見つめてくる。

「……なに？」

「居酒屋ごっこも、雪遊びもいいが、もっとしたいことがある」

「……っ」

その先の言葉が、聞かなくても分かってしまって、伊月はサッと頬に朱を上らせた。ドッと一気に心臓が跳ね上がり、うまく呼吸ができなくなる。

紫がかった黒の瞳でひたと伊月を見据えて、ルイが声をひそめて問いかけてきた。

「伊月、お前を抱きたい。……いいか?」

「……い、いよ」

ぎこちなく、けれどはっきりと肯定した伊月の返事をちゃんと拾い上げたルイが、ほっと安堵したような表情を浮かべる。

重なってくる唇を受けとめながら、伊月はそっと目を閉じた。

(……ルイも、緊張してるのか)

気恥ずかしいのも、幼馴染《おさなな》み《じ》の枠を踏み越えることに躊躇《ちゅうちょ》を覚えているのも、きっと同じなのだろう。それでも相手に触れたいと焦がれているのも。

そう思うと少し緊張が解《ほぐ》れて、伊月は唇を開いて、忍び込んでくるルイの舌を迎え入れた。

「ん……、ふ、んん……」

ぎこちなくあちこちをくすぐるルイの舌に照れつつも、こちらからも舌を伸ばして応える。

自分よりも温度の低いそれにぬるりと舐《な》め上げられ、その鮮明な感触に甘く背筋が疼《うず》くのを感じながらも、伊月はぎゅっとルイの背を抱きしめて積極的に舌を絡めた。

早く、早く自分と同じ温度になってほしい。

境目がなくなるくらい、一つになってしまいたい――。

「……っ、は……、……伊月」

伊月の舌をやわらかく嚙《か》んで切なげな吐息を零《こぼ》したルイが、じっとこちらを見つめてくる。濡《ぬ》れて艶《つや》めく深い夜色の瞳に見つめられるだけで胸の奥がぎゅうっと引き絞られるように甘く痛んで、このままでは心臓がどうにかなってしまいそうで、伊月はたまらずルイの手を引きながら立ち上がった。

「……ベッド行こ、ルイ」

「ああ」

嬉しそうに目を細めたルイが、伊月に引っ張られるまま寝台まで付いてくる。にこにことこの上なく機嫌がよさそうに手を引かれているその様は、幼い頃、伊月が遊びに連れ出した時とまるで変わっていなくて、伊月は今更照れくさくなってしまった。

（……オレにとっても、ルイはあの頃からずっと特別な存在だったんだろうな）

気づくのが遅かっただけで、結局伊月にとってもルイが初恋なのかもしれない。だって、好きだったはずの幼稚園の先生はもう名前も顔も覚えていないのに、ルイとの思い出は全部覚えているのだから。

（記憶を奪われても他の誰かじゃ駄目だったとか、実はオレ、結構執着気質なのかも……）

内心自嘲《じちょう》しつつベッドに上がった伊月はしかし、すぐに待ちきれないようにのしかかってきた男の、獰猛《どうもう》な欲を孕《はら》んだ強い視線に苦笑してしまった。

(……執着気質はお互い様か)

ちゅ、と降ってきたキスを受けとめて、銀の髪が作るカーテンの中、互いの唇を貪《むさぼ》り合う。

幾度も角度を変えて舌を絡め合わせ、欲するまま啜《すす》り合って、それでもまだ足りなくて、もっと直に、もっと全部を触りたくて。

「ん、ん……っ、ルイ……、っ、ん……?」

忙《せわ》しなく互いの服を脱がせ合っている途中で、ルイの懐からなにかがころりと転がり出てきて、伊月はキスを中断した。自分の腹の上に転がったそれを見やって、目を瞬《しばたた》かせる。

「……ルイ」

「男同士だと、こういうものが必要なんだろう?」

どうやらルイは、彼なりに用意をしてくれたらしい。そこには、チューブ状のジェルと個装のスキンが数枚転がっていた。

一、二、とその数を目で数えて、伊月は思わず呻いてしまう。

「お前、何枚ゴム用意してるんだよ……」

「少ないか?」

「多いって言ってんの!」

何回やる気だと目を据わらせた伊月に、ルイがくっくっと笑いながら、ちゅ、と軽くキスしてくる。

「足りなくなったら、すぐ出せる。ここは俺の世界だからな」

「……童貞くんは、付けるの失敗するかもしれないしな」

意趣返しのつもりでニヤッと笑い返してやると、ルイがフッと笑って開き直る。

「ああ。俺の童貞、きっちりもらってもらうからな」

「なんだそれ」

ルイの言いようがおかしくて小さく吹き出しながら、伊月は改めて彼の服を脱がせた。

（……やっぱり、少し体温低いんだな）

唇もそうだから予想していたとはいえ、ルイの肌は伊月よりもだいぶひんやりとしていた。

みっしりと筋肉がついた厚みのある見た目とは裏腹なその温度に、ルイが自分とは違う存在になってしまっているのだという事実をどうしても直視させられてしまうようで、伊月は懸命に思いを呑み込んでルイを抱きしめた。

（過ぎたことは、決して元には戻らない。でも、オレの想いを伝えることはできる。ルイの想いを受け取ることも）

あの時こうしていたらとか、もっと早く勇気を出して気持ちを伝えていたらとか、後悔はいくらでも湧き上がってくる。けれど今は、そんな後悔に割く時間も惜しい。

そんなことより、今は触れ合える幸せを嚙みしめたい。

ちゃんと、想いのすべてを渡し合いたい。

「……好きだ、伊月」

きっと同じ気持ちでいるのだろう。伊月の服も全部脱がせたルイが、囁きながら覆い被《かぶ》さってくる。

その首筋にぎゅっと抱きついた伊月は、落ちてくる唇に軽く嚙みつきつつ、小さく笑った。

「オレも。好きだよ、ルイ」

「……ん」

伊月の唇を甘く嚙み返したルイが、躊躇《ためら》いがちに肌に手を這《は》わせてくる。怖々とした触れ方が気恥ずかしくて、くすぐったくて、伊月はくすくす笑いながら、もっと、と吐息だけで囁いてルイの鼻先に自分の鼻を擦《こす》りつけた。

こく、と喉仏を上下させたルイが、少しずつキスも触れ方も深く、大胆にしていく。舌先をやわらかく吸われながら胸の先をそっと指先で転がされて、伊月はハ……、と唇の隙間《すきま》から熱い息を零した。

「ル、イ……、なんかそこ、むずむずする……」

「……気持ちいい、か？」

「ん、多分……、んっ、は、あ……っ」

慣れない刺激を快感と認識し始めた伊月に、ルイがほっとしたように小さく息をつく。

どこまでも自分を大事に想ってくれているその気持ちが嬉しくて、伊月はすぐ近くにある形のいい唇に吸いつき、解けてしまっていたキスを再開させた。

「は、ん……、んん……っ」

すっかり尖《とが》ってしまった両の胸を弄《いじ》られながら唇を啄まれると、濡れた声が堪《こら》えきれなくなる。自分ばかり感じさせられているのがしゃくで、自分もルイに触りたくて、伊月はルイの下肢に手を伸ばした。

「ん、ふは……、もう、勃《た》ってる……」

好きな相手が自分に欲情してくれているのが嬉しくて、好きな相手の大事な場所に触れさせてもらえているのが嬉しくて、ふわっと頬の熱を上げながらルイのそこを軽く上下に扱《しご》いた伊月に、ルイが唸る。

「……当たり前だろ。トータル二十年以上の片思いだぞ」

は、と息を乱しながらこつんと額をくっつけたルイが、伊月の乳首を撫《な》でていた手をするりと下に移動させる。

「……お前も、もう濡れてる」

「んん……っ」

滲《にじ》み始めた透明な蜜をぬるりと指先で塗《ぬ》り広げられて、伊月は小さく息を詰めた。

親指の腹でくるくると先端を撫でられながら、余った指で幹を擦り立てられる。最初はもどかしいくらい優しかった指先は、すぐに追いつめるような激しいものに変わって、伊月はたまらず空いていた手で口元を押さえようとした。

「んんっ、ん……っ、あ……！」

けれどすぐルイの手が伊月のその手を摑まえて、口元からどけてしまう。

指を全部絡めるやり方で手を繋がれ、そのままシーツに押しつけられて、伊月はぎゅっと目を瞑《つむ》って懸命に頭を振った。

「ル、イ……っ、声、出る……っ」

「いいから、聞かせろ。その声が聞きたい」

「バ……っ、あっ、んんっ」

なじろうとした途端、長い指に熱芯をきつく扱き立てられて、伊月は慌てて唇を引き結んで声を堪えた。

「んー……っ」

「……伊月」

声、と低い囁きが聞こえてくる。嫌だと頭を振った伊月はしかし、続くルイの言葉に意地を張れなくなってしまった。

「頼む、伊月。ちゃんと、覚えておきたい」

「……っ、お前……！」

それは卑怯《ひきよう》だろうと軽く睨もうとして、伊月は小さく息を呑む。

こちらを見つめている紫がかった黒の瞳が、あまりにも切なげで、――綺麗《きれい》で。

「好きだ、伊月。……もう片時も、離れたくない」

「ル、イ……、っ、あ……っ、あ、あ、あ……！」

触れるだけのくちづけを落としたルイが、伊月の砲身を再び擦り立ててくる。敏感な裏筋をきつく扱かれ、しとどに濡れた鈴口をぐちゅぐちゅと指先で弄られて、伊月はあっという間に限界を迎えてしまった。

「あっ、や……っ、出、る……っ、あぁあ……っ！」

「……伊月」

くっと息を詰めたルイが、達する伊月を見つめながらこくりと喉を鳴らす。びく、びくっと小さく震えながら吐精する様を艶めいた瞳でつぶさに視姦《しかん》されて、伊月は甘い放出感に翻弄《ほんろう》されながらもカアッと顔を赤くした。

「も……っ、見る、な……！」

「嫌だ」

「あっバカ、舐めるな！」

手から滴り落ちそうになった白蜜を、あろうことか舐め取ろうとしているルイを見て、伊月は慌てて身を起こすとその場にあった適当な布でルイの手を拭《ぬぐ》った。

「ったく、油断も隙もあったもんじゃないな……」

「………」

「なんで残念そうな顔してるんだよ」

いい加減にしろと拭い終えた手をペンッと放り出して、伊月はルイに向き直った。

「今度はルイな」

さっきは結局ルイのそれに少ししか触れなかったし、自分ばかりが気持ちよくなるのは嫌だ。それに自分だって、ルイを感じさせたい。

するとルイは、寝台の上に座り込んで少し足を開き、そこに伊月を呼んだ。

「じゃあ、こっちに来てくれるか、伊月。俺の足を片方跨《また》いで……」

「こうか？」

膝立ちのまま近寄り、ルイの腿《もも》を片方跨ぐ。そうそうと頷いたルイが、伊月の手を片方自分の肩に誘導して言った。

「この方がやりやすいだろ。辛《つら》くなったら、俺の足の上に座っていいから」

「……なんか手慣れてないか、ルイ」

体勢を指示するなんて、随分な余裕だ。本当に初めてか、と首を傾《かし》げかけた伊月だったがルイは苦笑しながら伊月の腰を抱いて言う。

「お前を抱く妄想ならいくらでもしたからな。それに……」

「っ⁉　な、なに……、っ！」

言葉の途中で、尻の狭間《はざま》を唐突にぬるりと撫でられて、伊月は驚いて肩越しに背後を振り返る。するとそこには、ぬめる粘液をたっぷりと纏《まと》ったルイの指があった。

「この方が、俺もお前に触りやすい」

「こ、の……っ、騙したな⁉」

「騙してなんかない」

くっくっとおかしそうに笑ったルイが、伊月をぐいっと抱き寄せると同時に、下から腰を突き上げてくる。

「俺だってお前に触ってほしい。してくれるんだろう、伊月？」

「……っ、……っ！」

すっかり天を向いている剛直でぐいぐいと蜜袋や、達したばかりで萎《な》えているそれを押し上げられて、伊月はあまりにもいやらしい光景に真っ赤に茹《ゆ》で上がってしまった。

「す、るから……。するから、お……、おとなしく、してろ。……してて、下さい」

「……ん」

しどろもどろに、最後はもう頼み込んでしまった伊月に、ルイが目を細めて頷く。

少し腰を引いてくれた彼は、どうやら次の段階に進むのも待ってくれるらしい。後孔の周囲を優しく撫でるだけに留《とど》まっている指先に、それはそれで恥ずかしいと思いつつ、伊月はそろりとルイの砲身に手を這わせた。

（……っ、なんか、覚えてるよりずっと大きい、んだけど……）

もちろん、臨戦態勢のそれを見るのは初めてだが、それでも十年前、修学旅行でこっそり盗み見た時よりずっと大きい気がする。

これを自分のそこに、と考えると少し怖いけれど、それでも自分より体温の低い彼の体で唯一、火傷《やけど》しそうなくらい熱いその温度が嬉しい。

たらりと垂れてきた先走りを手のひらで全体に塗り広げ、くちゅくちゅと扱き立てながら、伊月はルイの顔をそっと窺い見た。

「……ルイ、ちゃんと、気持ちいい？」

「ん……」

すごく、と濡れた吐息混じりに囁いたルイが、少し顔を傾けてくちづけてくる。目を閉じ、軽く眉を寄せて息を乱して快感を味わっているその顔が嬉しくて、見ているだけでこちらまで昂《たか》ぶってしまって、伊月は一層強くルイの熱塊を愛撫《あいぶ》し続けた。

もっと、もっと気持ちよくなってほしい。

自分の手で、もっと感じてほしい――。

と、その時、伊月の唇を啄みながら、ルイがそっと指を奥に忍ばせてくる。

「……伊月。ここ、触っていいか？」

「っ、……うん」

ぬるりと襞《ひだ》を撫でられて、伊月はルイの肩にしがみついた手にぎゅっと力を込めつつ頷いた。

ちゅ、ちゅ、となだめるようなキスを落としつつ、ルイがジェルを纏った指でそこを撫でて言う。

「大丈夫だ、すぐに入れたりしないか……、ら……？」

「……っ、んん……」

だが、優しく押すような動きが加わった途端、伊月のそこはやわらかく花開き、ぬめる指先をつぷんと少しだけ呑み込んでしまう。唖然《あぜん》とするルイの視線から、伊月はサッと赤い顔を背けた。

「……伊月？」

「し……、仕方ないだろ。高校生の頃はその、そういうことに、興味あった、から……」

小さい声で言い訳を口にした伊月に、ルイが見る間に剣呑《けんのん》な表情を浮かべる。

「……どこの男だ」

「バカ！　自分の指でしてただけだよ！」

とんでもない勘違いをしかけたルイの頭をぺちんとはたいて、伊月はうう、と羞恥《しゅうち》に唇を噛んだ。

伊月だって、自分がそんなことをしていたなんて、さっき思い出したばかりなのだ。なにせ類の記憶が消えてからのこの十年は、したことがなかったのだから。

自分がそんな自慰をするのは、類に抱かれるのを想像しながらだけだった。だから、まったく思い出さなかったのだ。

恥ずかしいことを暴露させられた伊月は、半ばヤケ気味に白状する。

「だから、さっきもその……、もしかしたらルイが来るかもって思って、お風呂の時にちょっとだけ準備って言うか……」

「…………」

「ルイ、目が怖い」

先ほどの剣呑さはないものの、伊月の言葉を聞いたルイは目をきつく眇めていて、まるで獲物を前にした肉食獣のようだ。

思わず少し怯《ひる》みかけた伊月だったが、ルイはハア、とため息をつくと、伊月の肩に額をつけて唸る。

「……今度、してみせてくれ」

「なに言ってんだよ、この童て……、っ、あ、んん……！」

呆れかけた伊月はしかし、唐突に深くまで指を押し込まれて、途中で言葉が続かなくなってしまう。

くちゅくちゅとジェルを塗りつけながら、やわらかな内壁をぬめる指先でくすぐるように撫でて、ルイは感嘆の息を漏《も》らした。

「なんなんだ、お前の体……。指入れてるだけで気持ちいいんだが……」

「んんっ、ん……っ、ルイ……っ」

「伊月、どこがいい？　どこを触れば気持ちよくなるか、教えてくれ」

からかうでもなく真剣な目で聞いてくるルイの雄茎は、伊月の手の中で一層反り返り、とろりと濃い蜜を溢《あふ》れさせている。

太い血管の張り出したそれを、きっとすぐにも突き入れてしまいたいだろうに、息を弾ませながらも懸命に欲を堪え、自分を感じさせようとしてくれる恋人に、伊月は胸の奥がじんと熱くなってしまった。

「ん……、もうちょっと、奥……、ん、もうちょ……っ、あっ、んんっ」

「……ここか？」

伊月の反応をじっと見つめながら、ルイがこりこりとそこを強く嬲《なぶ》る。途端に駆け抜けた電流のような強い刺激に、伊月はきゅっとルイの熱茎を握りしめて訴えた。

「あっ、ひう……っ、や、や……っ、そこ、怖いから……っ、もっと、優しく……！」

「……ん、ごめん。こう、か？」

怯《おび》える伊月に喉をこくりと鳴らしながらも、ルイが力を抜いてそっと触れてくる。

敏感なそこからじわじわと広がる甘い疼きに、伊月は濡れた吐息を零しながらルイの屹立《きつりつ》を撫でさすった。

「ん……っ、それ、くらい……っ、あ……っ、んっんっああ……っ」

「……指、増やすぞ」

伊月の痴態にびくびくっと欲望を滾《たぎ》らせながら、ルイがぬぷりと一度指を抜く。

ジェルを足した二本の指を奥までゆっくりと押し込まれ、先ほどの場所を優しく可愛《かわい》がられて、伊月は腰から下が蕩《とろ》けてしまいそうな心地よさにとろりと目を潤ませ、すっかり熱くなった自身からぽたぽたと透明な蜜を垂らした。

「ふ、あ……っ、んん……っ」

自分の指よりも太く長いそれで、気持ちのいいところを何度も撫で擦られて、たちまち快楽の虜《とりこ》になってしまう。ぐちゅぐちゅと前後しながら中から押し広げられて、準備をされているのだと思うともう、甘い声がとめられなくて。

「ああっ、ん……っ、ルイ……っ、それ……っ、そこ……っ」

「……奥も、気持ちいいみたいだな」

「……っ、知らな……っ、そこ、触ったこと、な……っ、あっあっあ……！」

自分の指では届かなかった場所だと告げた途端、くっと息を詰めたルイが指を三本に増やし、ぐじゅっと突き入れてくる。

そのまま揃えた指で滅茶苦茶に奥を掻《か》き混ぜられ、伊月はたまらず身をのけぞらせた。

「ひっあ……っ、あああっ！」

「……っ、逃げるな……！」

唸ったルイが、伊月の胸の先をきつく吸い上げる。濡れた舌でぐりぐりと尖りを苛《いじ》められ、ひくつく隘路《あいろ》を中から押し開かれて、伊月はぎゅっとルイの頭にしがみついた。

「あ、あ……っ、ルイ……っ」

強い指先に執拗《しつよう》に奥を暴かれて怖いのに、根元まで含まされて広がりきった入り口が、ぐちゃぐちゃに乱され、濡らされた深い場所が気持ちよくて、体中から力が抜けてしまう。

早く、はやく、そこにルイが欲しい――。

「ル、イ……っ、も、駄目……っ」

ルイの頭にすがりつき、立っていられないと膝を震わせた伊月から、ルイがゆっくりと指を抜く。

ハ……、と胸を大きく上下に喘《あえ》がせる伊月を仰向けに寝転がせて足を開かせると、ルイは手早くゴムを付けた切っ先を蕩けた後孔にあてがってきた。

「……っ、入れるぞ、伊月」

「ん……」

荒くなった息を押し殺しながら覆い被さってくるルイの肌は、もう伊月と同じくらい熱くなっている。それが嬉しくて、早く彼の熱を直に感じたくて、伊月は両足をルイの腰に回して全部を差し出した。

「来て、ルイ……っ、ん……っ、うぁ、ううう……！」

「っ、伊月……」

狭いそこを押し開かれ、反射的に身を強張《こわば》らせる伊月を、ルイが心配そうに呼ぶ。

伊月はぎゅっとルイの首元にしがみつくと、懸命に促した。

「大丈夫、だから……っ、このまま……」

「……分かった。ゆっくりするから、力抜いてろ」

「うん……っ、ん……っ、は、あ、あ……！」

なだめるように幾度も伊月の顔にくちづけながら、ルイが少しずつ腰を押し込んでくる。指とはまるで違う確かな熱量を、伊月は懸命に受け入れ、呑み込んでいった。

「は……っ、あ、あ……？」

「っ、入った……」

ざり、と入り口を擦る感触がした途端、ルイがぐったりと伊月の肩口に顔を埋める。はあ、と大きく息をつくルイの広い背を抱きしめて、伊月は呼吸を整えながら微笑んだ。

「……なんか、想像よりずっと大変だった」

「ああ」

「でも、想像の何倍も嬉しいよ」

「……俺もだ」

顔を上げたルイが、ちゅ、と軽く唇を啄んでくる。鼻を擦り合わされた伊月がくすくすと笑みを零すと、ルイが小さく息を詰めて唸った。

「……っ、あまり笑うな。中が締まるから、我慢がきかなくなる」

「ん……、もう動いてもいいよ」

「……本当に？」

こちらを心配して躊躇いつつも、欲を堪えきれない様子で聞いてくるのがおかしくて、伊月は笑いながらぎゅっとルイに抱きつく。

「うん。……オレも、ルイが欲しい」

「伊月……」

嬉しそうに目を細めたルイが、そっとくちづけてくる。同じ温度になった唇を啄んで、伊月はゆっくり揺れ出したルイの腰を両腿できゅっと抱きしめた。

「ん、んん……っ、ふ、あっ、あっあっ」

灼熱《しゃくねつ》がぬちゅ、ちゅ、と濡れた狭い隘路を擦る度、鼻にかかった甘い声が堪えきれず零れてしまう。恥ずかしくて、でも気持ちよくて、伊月は溢れそうになる蜜をこくりと飲み込みながら、次第に膨れ上がる快楽に身を任せた。

「んう、あっ、んんん……っ」

「……っ、な、んだ、これ……っ」

きゅうきゅうと収縮する隘路に目を眇めたルイが、悦《よ》すぎる、と低く呻き声を上げる。ぬっぬっと優しく奥を突いていた腰が次第に速く、激しい動きに変わってきて、伊月は思わずルイの背に強くしがみついた。

「あぁっ、あっあっあっ、ル、イ……っ、ルイ……！」

「っ、悪い、伊月……っ、止まらない……っ」

「ん、い……っ、好きに、してい……っ、から……！」

ルイが慣らしてくれたそこは、強く突き上げられてももう快感しか感じない。

なにより、ルイが夢中で求めてくれるのが嬉しくて、そのルイにちゃんと自分も応えられていることが嬉しくて、それだけでもう達してしまいそうなくらい、心が蕩けてしまっている。

「オレも……！　オレも、大好きだから……っ」

「伊月……」

「ルイが、欲しがってくれるのと、同じくらい……っ、オレも、欲し……っ、んうっ！」

すべて言いきる前に噛みつくように唇を奪われ、思うさま揺さぶられて、伊月は眩《くら》むような快感にぎゅっと目を瞑った。

「んうっ、んんっ、あんっ、あっあっあ……！」

「伊月、……伊月、好きだ、伊月……っ」

「あああ……！」

今にも弾《はじ》けそうな花茎を大きな手に包み込まれ、ぬちゅぬちゅと扱き立てられながら、がむしゃらにくちづけられる。

技巧もなにもなく、ただただ奥まで奪いたい、全部欲しいと夢中で腰を打ちつけてくるルイが愛《いと》おしくて、愛おしくてたまらない。

これ以上ないほど好きだと思っていたのに、一秒ごとにもっと好きだという気持ちが溢れてしまう。

もっと、もっとルイが欲しい。

もっと、ルイに愛されたい――。

「ルイ……っ、ル、イ……っ！」

「っ、伊月……！」

互いの名を呼びながら同時に唇を奪い合って、二人は同じ階《きざはし》を駆け上がった。

びくびくっと跳ねたのが自分なのか、相手なのかも分からなくなるような頂の中、伊月は燃えるように熱いルイの舌をきつく、きつく吸って目を閉じる。

幸せで、幸せで、――このまま時がとまってしまえばいいのにと、思いながら。

七章

パラ、と本のページをめくった途端、背後から首すじにキスが降ってくる。

窓辺のソファに腰掛けた伊月《いつき》は、くすぐったいその感触に笑みを零しながらも、本を支えているのとは反対の手でルイの顔を押しのけた。

「こら、邪魔するなよ、ルイ」

「……この本の方が、俺たちの邪魔をしてるように思えてならないんだが」

不満そうな顔をしたルイが、ソファと伊月の間にもぞもぞと入り込んでくる。

開いた足の間にぬいぐるみよろしく伊月を抱え込み、くんくんと旋毛《つむじ》やら首すじやらの匂いを嗅《か》いでくる冥府の王に、伊月は苦笑を浮かべてしまった。

——伊月がすべての記憶を取り戻して、数日が過ぎた。

あの夜、体を繋ぐことこそ一度で控えはしたものの、互いに触れていたい欲求が収まらなかった二人は、結局ペッティングやら素股やらで数枚あったスキンを全部使い切ってしまった。

翌日以降もその欲は収まることがなく、伊月はあれから毎晩、ルイに抱かれている。体を重ねるごとに行為には慣れてきたが、その分快楽も深くなり、夜毎消費するスキンの数は増える一方だ。

さすがに睡眠不足と疲労が溜《た》まり、昼間はこうして図書室で静かに本を読んだり昼寝をしている伊月だが、昨日からルイもそこに加わるようになった。

なんでもルイは、伊月が冥府を去るまでの間、休暇を取ることにしたらしい。王様が休んでいいのかと驚いた伊月だが、紅《くれない》たちは元々毎日朝から晩まで働きづめのルイに休みを取らせたかったようだ。

『伊月様とのご関係は、正直私たちの立場としては歓迎できないのですが……、私たちは主《あるじ》の幸せをなによりも願っておりますので』

『本当は生者と恋仲になるなんて、地獄行きなんだけどね！』

『やめろ、山吹《やまぶき》。……安心しろ、伊月。我々は貴方《あなた》たちの味方だ』

堅物の紅はまだ少し承伏しかねる部分がある様子だったが、それでも彼らにそう言ってもらえるのは有り難い。彼らは伊月とルイがなるべく二人きりになれるよう計らってくれているらしく、この日も図書室にケルベロスたちの姿はなかった。

ケルベロスたちがそうして気を使ってくれているのは、別れが近いからだ。

早いもので、伊月が冥府に来てからもうすぐ一ヶ月が経《た》つ。負傷していた体の治療もほぼ終わったため、伊月は三日後に現世に帰ることを決めていた。

本音を言えば、もうしばらくルイと一緒にいたい。ずっとそばにいたいし、またルイを一人にしたくはない。

けれど、それは許されないことだ。

生者の自分は、現世に帰らなければならない。

それに、伊月が冥府に留まり続けては、ルイに咎《とが》が及ぶ。

彼は本来、生者とは関わり合いになってはいけない存在なのだから——。

伊月が、体の治療が終わり次第、現世に帰ると告げた時、ルイはひどくつらそうだった。だが、冥府の王として、伊月を無事に現世に送り届けると約束してくれた。

現世に戻る際、伊月はルイの力で、冥府での記憶を封じられる。しかし、たとえまたルイのことを思い出せなくなったとしても、自分は現世に帰ったら麻耶《まや》とは別れるだろうという確信が、伊月にはあった。

この十年間ずっと、思い出せないままルイの面影を追い求めて、誰のことも好きになれなかったくらいなのだ。そのルイと想いが通じ合った今、自分は以前よりずっとルイへの想いが強くなっている。

以前と同じように記憶を封じられたとしても、もうルイ以外の誰かに心を動かされることはないだろう。

（……本当はこのままずっと、ルイのそばにいたい。でもオレは、生きなきゃ）

自分は両親に助けられ、ルイに助けられて、今日まで生きてきたのだ。どんな理由があったとしても、ちゃんと自分の命を全うしなければならない。

どんなにルイのそばにいたくても、ここは生者の自分がいていい場所ではない――。

「ん……、ルイ、こら、くすぐったい」

いつまで経っても本から顔を上げない伊月に焦れた様子で、ルイが旋毛やうなじを啄み出す。文句を言った伊月の手から本を取り上げて、ルイが不満そうに唸った。

「こんな本より、俺を構え」

「……仕方ないなあ」

ストレートに甘えてくる彼氏が可愛くて、伊月はくすくす笑いつつ体をひねって、背後から落ちてくるキスを受けとめる。

少しでも長く一緒にいたいのは伊月も同じで、実のところ拗《す》ねるルイを見たくてわざと本に夢中になっている振りをしていたのだが、そう告げたらルイはますます拗ねるだろうか。

(いや、オレの考えなんてきっとルイにはお見通しだろうな)

なにせ幼馴染みだ。たとえ十年離れていたって、互いの考えることなんて手に取るように分かる――。

「ん、ん……、……あれ？」

相変わらずひんやりと温度の低いルイの唇を甘く吸い返していた伊月だが、その時、視界の端に見覚えのある姿が映る。

　キスを中断した伊月は、立ち上がってひょいと窓から外を見て、声を弾ませた。

「あ、佐伯《さえき》さんだ！　ルイ、ほら、佐伯さん！」

「………」

「気が付かないかな、おーい！」

　庭を横切る佐伯に手を振る伊月だが、佐伯は気づかず森の方へと行ってしまう。伊月は遠ざかる背を少し残念に思いつつ見送った。

「行っちゃった……。あの円墳に行くのかな？」

　浮遊霊である佐伯が何故城壁の中に入れるのかずっと不思議だったが、どうやら冥府でルイが彼と再会した際、前女王が生前二人が知り合いだったことを知って許可したらしい。佐伯はその際に悪霊化しないよう、特殊な加護を授けられているとのことだった。

（もうすぐ現世に帰らなきゃならないし、最後に挨拶しておきたいな……）

　ここしばらく城の外に出ていないから、佐伯とも会話をしていない。もしかしたらこれが最後のチャンスかもしれないと、伊月はルイを振り返って言った。

「ルイ、オレちょっと、佐伯さんに会って……」

　しかし、皆まで言うより早く、伊月の顔にふっと影が差す。

　え、と瞬いた伊月は、間近に迫った常より暗い色のルイの瞳に小さく息を呑んだ。

「ルイ……？」

「……行かせない」

低い声で呟いたルイが、背後から伊月を抱きしめてくる。今までになく強い力に、伊月は戸惑って首を傾げた。

「ルイ、どうしたんだ？　ちょっと会って、挨拶してくるだけだから……」

「駄目だ」

「駄目って……」

頑固な言いように、伊月は困ってしまった。

数日前までなら、伊月に過去を思い出させないよう、佐伯と会わせたくないとルイが思うのも分かる。けれど、もうすべて思い出したのだから、そんな警戒をする必要はないはずだ。

それなのに何故、ルイは自分が佐伯に会うのを嫌がるのか。

「ルイ……」

なだめるような声で呼んだ伊月に、ルイはしばらく無言だった。ややあって、ぎゅっと伊月を抱きしめ、ぼそりと言う。

「……あと、少ししかないんだ」

ルイの言葉にハッとしかけた伊月は――、しかしそこで、かすかな違和感を覚える。

（……？　なんだろう、なんか……）

伊月の肩口に顎を乗せたルイは、視線を下に落としている。

目を伏せたその横顔は、伊月が焦がれ続けた人と同じはずなのに、何故かまるで別人のように見えた。

まるで、すべてに絶望し、なにもかも諦めてしまったかのように——。

「ル……」

「……俺はただ、残りの時間すべてを俺と共に過ごしてほしいだけだ。その思い出があれば、俺はきっとこの先なにがあっても耐えられる」

問いかけようとした伊月を遮って、ルイが顔を上げる。こちらを見つめてくるルイの眼差《まなざ》しは、暗く、真剣だった。

「……だから、どこにも行くな」

低く唸ったルイが、伊月の唇を奪う。

少し無理のある体勢が息苦しくて、伊月は眉を寄せてルイを押しとどめようとした。——けれど。

「ん……っ、ルイ、待……っ、んぅ……っ」

伊月の声に滲む制止の響きに気づいているはずなのに、ルイは聞きたくないとばかりに激しくくちづけてくる。

「ルイ、やめ……っ」

「……っ、誰のところにも行かず、ここに……、ここに、いてくれ。……ずっと」

「ルイ……」

狂おしげな声に、胸が潰《つぶ》れそうになる。

ルイは、佐伯の元に行くなと言っているわけではない。

自分のそばから、――冥府から、去らないで欲しいと言っているのだ。

「ルイ……、……っ、ん……！」

王として願ってはならないことを、口に出せるギリギリの言葉で伝えてくれたルイに、せめて自分も同じ気持ちだと伝えたくて、伊月は噛みつくようなくちづけに懸命に応えた。

（オレも……、オレも、ずっとお前と一緒にいたい。ずっとずっと、そばにいたいよ）

少しでもこの気持ちが伝わるようにと、夢中でルイの唇を吸い、舌を絡ませる。

――先程覚えたかすかな違和感は、あっという間に霧散していた。

「ん……、伊月……っ」

ハア、と息を荒らげたルイが、伊月の唇をきつく吸いつつ、片手で伊月のシャツのボタンを二つ三つ外す。

開いた隙間からするりと忍び込んできた性急な指に胸の先をきゅっと摘まれて、夢中でルイの舌に舌を絡ませていた伊月は、びくっと肩を揺らしてしまった。

「っ、あ……っ、ルイ……っ、ん……！」

こんな昼間から、しかもこんなところでなにをと驚いて身を捩《よじ》ろうとするが、ルイの腕の力は強く、ろくに身動きが取れない。逆に窓に押しつけられ、挟まれて逃げ場を失った伊月は、窓枠に手をついて焦りの声を上げた。

「やめ……っ、こら、ルイ……！　あ……！」

だが、毎晩さんざん可愛がられ、すっかり性感帯に育てられた乳首は、慣れた恋人の愛撫にあっという間に陥落してしまう。

こちらの体に早く火を点《つ》けようとするかのように、ピンと尖ったそれをくりくりと強く弄られて、伊月は背後の男を振り返って睨んだ。

「お、前……っ、なに考えて……！」

「……俺は、お前のことしか考えていない」

強い視線すら愛おしいとばかりにふっと目を細めたルイが、きゅうっと両方を意地悪く引っ張る。途端に走った甘い痺《しび》れに、伊月はハアッと窓ガラスを白く曇らせた。

「あぁあ……っ！」

「お前も、熱くなってるな」

ちゅ、と伊月の耳元にくちづけたルイが、するりと片手を下肢に滑らせる。布越しに膨らみをつうっとなぞり上げられて思わず腰を引いた伊月は、尻に当たった硬い感触に息を呑んだ。

「っ、ル、イ……っ」

「……愛したい、伊月」

ずるい言い方をしたルイが、伊月の足を割り開き、ぐっと腰を寄せて布越しにそこを擦りつけてくる。昨夜も愛された後孔を反り返った硬い雄でぐりぐりと苛められて、伊月はぎゅっと目を閉じてどうにか言葉を紡いだ。

「な……、ならせめて、部屋に戻って……」

「待てない。……伊月も、だろう？」

「……っ」

ひそめた低い声に、淫《みだ》らな体がじゅわりと濡れ、期待にひくひくと疼いてしまう。全部お見通しだとばかりに、指と切っ先とで反応した場所をぐりぐりと責め立てられて、伊月はカアッと頬に熱を上らせた。

「でも……、でも、ゴム……っ」

「ああ、すぐ出す」

「……っ、……っ、お前……！」

そうだった、こいつ冥府の王なんだった、ゴムの一枚や二枚、欲しいと思えばすぐ出せるんだったと気づき、呻いた伊月だったが、ルイはお構いなしに前に回した手でカチャカチャと伊月のベルトを外してしまう。

ジー、とチャックを降ろすわずかな振動がもたらす甘い刺激に、伊月は焦って声を上げた。

「やめ……っ、ルイ！」

「……嫌か？」

ぴたりと動きをとめたルイが、伊月をぎゅっと抱きしめ、肩口に額をつけて呻く。

「嫌ならしない……」

不満を滲ませながらも不安そうなその声に、伊月は胸がきゅっと苦しくなってしまった。

（ルイ……）

初めて体を重ねてから数日、自分を抱きしめるルイの腕は、日に日に縋《すが》りつくように強くなっていっている。

残された時間があとわずかだということを、ルイも苦しんでいるのだと思うとたまらない気持ちになって、伊月はふうと息をついて言った。

「……一回だけだぞ」

「っ、伊月……！」

「ちょっと待ってろ。今、鍵かけて……」

「もうかけてある」

伊月が皆まで言う前にそう言ったルイが、耳元や首筋に幾度もキスを落としながら服を脱がせてくる。あっという間に下肢を裸にされて、伊月は呆れてしまった。

「お前、最初からそのつもりで……、っ」

「悪いか」

懐からスキンを取り出したルイが、もう随分慣れた手つきで伊月のそれに被せる。汚れないようにという配慮だと分かっていても、ルイの手で避妊具を装着されるのが気恥ずかしくて、伊月は顔を赤らめた。

もう一枚の封を破り、自分の指に被せたルイが、もう片方の手で伊月の尻たぶをぐっと押し開く。晒《さら》された後孔にぬるりと指を這わされて、伊月は掠《かす》れた声を上げた。

「あ……、ルイ、カーテン……」

「誰も見てない」

「でも、さっき佐伯さんだって通……っ、あ……！」

言葉の途中で、ぐちゅりとルイの指が入ってきて、伊月は窓枠にしがみついた。

「う、あ……っ、あ、ルイ……っ」

「……こんな時に、他の男の名前を出すな」

「あっあっあっ」

伊月を抱きしめるように片手を前に回したルイが、薄い膜に包まれた花芯を扱き立てつつ、くちゅくちゅと指を抜き差しする。もうすっかりルイの愛撫を覚えた後孔は、こりこりと前立腺を嬲る指にきゅうきゅうと甘えるように絡みつき、その節くれ立った男らしい指をはしたなく舐めしゃぶった。

「んうっ、あ、んんん……っ」

しどけなくシャツを纏ったまま、上半身を捻《ひね》って唇を奪うルイに夢中で応える。

甘く痺れる舌をねっとりと舐め上げられながら、ゴムの中でぬるつく先端をぐりぐりと弄られ、ルイの手で開発された奥をぬちぬちと掻き混ぜられて、伊月はたちまち快楽の虜になってしまった。

「んんっ、ふ、あ……っ、ルイ、も……っ」

腰に当たるルイの雄茎は、衣服越しにも分かるくらい熱く脈打っている。

早くこれがほしい、ルイにも気持ちよくなってほしい、と手を伸ばしてさすった伊月だったが、ルイはスッと目を細めると低く呟いた。

「……もう少し濡らさないと、傷つけるかもしれない」

「ん……、も、もう、大丈夫、だから……」

多少きつくても入ってしまえば問題ないと思った伊月だが、ルイは頭を振ると伊月の中からぬぷっと指を引き抜く。

「あ、ん……！」

「濡らすから、そのまま大人しくしてろよ、伊月」

「う、うん……。んっ、……？」

どうするつもりかと思いながらも頷いた伊月の唇を啄んだ後、ルイがおもむろに伊月の背後に膝をつく。

くっと両手で伊月のそこを押し開いたルイは、そのまま顔を近づけて——。

「え……、っ、なにし……っ、ふ、あ……！」

「……ん」

後孔にくちづけられ、大きく目を瞠った伊月は、ぬぷりと押し込まれた舌にびくっと身を震わせた。

「う……、嘘《うそ》……っ、うあっ、あ、あ……！」

体温の低いルイのひんやりした舌の感触が、熱く蕩けた内壁から鮮明に伝わってくる。うねうねと明確な意思を持って奥へ、奥へと進んでくる舌に、伊月はぎゅうっと目を瞑って耐えようとした。

「ル、イ……っ、やめ……！」

つま先立ちになり、必死に逃げようとする伊月だが、前を窓に阻まれてろくに逃げ場などない。それどころか、そのままルイに腰を掴まれ、深くまで舌を押し込まれてしまう。

ぬぷぬぷと恥ずかしい蜜音を立てて入り込んできた舌に思うさま奥を掻き乱され、隘路を舐め蕩かされて、伊月は羞恥と快楽に喘ぎ鳴いた。

「や……、ああ……っ、やっ、そこ……っ」

毎晩責め立てられ、すっかりぷっくりと膨らんでしまった前立腺を舌先で捏《こ》ねられながら、入り口の襞を唇で優しく啄まれる。あらぬところに当たるルイの息が恥ずかしいのに、とろとろと注がれる蜜が気持ちよくて、拒む声が快楽に濡れてしまう。

伸び上がったせいで冷たい窓ガラスに擦れる乳首が、ぬちゅぬちゅと犯されている後孔が、気持ちよくてたまらない。

でも、もっと熱い指先で、もっと熱いもので、愛してほしい——。

「ル、イ……っ、ルイ……！」

「ん……、もう、いいか？」

切羽詰まった声で呼んだ伊月に、ルイがようやく顔を上げる。前をくつろげてスキンを付けたルイは、窓に手をついたまま懸命に息を整えている伊月を背後から抱きしめて言った。

「……挿《い》れるぞ」

「ん……っ、はや、く……っ、う、あ、あ……！」

ぬちぬちと花びらを乱した灼熱が、ぐうっと蜜路を割り開き、押し入ってくる。

快楽に崩れ落ちそうな伊月の腰をしっかりと支えて、ルイは狭いそこにゆっくりと己の刀を納めていった。

「んっ、んぁあっ、んー……っ」

「は……っ、すごいな、伊月……」

きゅんきゅんと絡みついてくる花筒を楽しむように、ルイが軽く腰を揺らす。ぬちゅっ、くちゅっと小さく水音が上がる度、んっ、んっと堪えきれない喘ぎを零して、伊月は一層淫らに男を締めつけた。

は……、と満足気な吐息を零したルイが、伊月を抱き寄せて囁く。

「……もうすっかり、俺のものだ」

「ル、イ……」

「お前のこんな声も、顔も、……誰にも渡さない」

甘く伊月の耳を噛んだルイが、欲にかすれた声で唸って、きつく伊月を抱きしめる。

離したくない、離れたくないと、言葉より雄弁に伝えてくる強い腕が愛おしくて、切なくて、伊月は身を捩ってルイに顔を寄せた。すぐに察したルイが、伊月の唇を奪う。

「ん……、んん、んう……」

貪るように互いの舌を吸い合いながら、腕と言わず体中を撫でて、ここにいることを確かめ合う。

いくら触れても、どれだけ深く繋がっていても足りなくて、もっともっと触れたくて、確かめたくて。

伊月、と熱の籠もった声で呼んだルイが、ぐっと伊月の腰を引き寄せ、律動を速める。

ルイに腰を突き出すような格好になった伊月は、必死に窓枠にしがみついて甘い責め立てを受けとめた。

「あっあっあっ、ああっ、ルイ……っ、ルイ……！」

「伊月……っ」

　は、と息を切らせたルイが、伊月を突き上げながら胸元に手を回してくる。疼きっぱなしだった乳首を自らルイの指先に擦りつけ、伊月は夢中でねだった。

「ルイ、ここ……っ、んんっ、そこ、触って……っ」

「っ、触るだけか？　本当はもっとひどく、してほしいんだろう？」

「ああ……っ」

　荒く揺さぶられながら、熱い指先ではしたない尖りを抓《つね》り上げられる。嬉しくて、気持ちよくて、ああ、ああ、とあられもない声で身悶《みもだ》える伊月の耳元で、好きだ、と熱い吐息が幾度も弾ける。

　愛を囁かれながらしとどに濡れた性器をぐちゅぐちゅと容赦なく扱き立てられ、一番感じる奥を幾度も貫かれて、伊月はがくがくと足を震わせた。

「も……っ、ルイ……、もう、立ってられな……っ」

「ん……」

　ハ……、と大きく息をついたルイが、伊月の首すじにくちづけてくる。ちゅ、ちゅ、となだめるようなキスを送りながら、一度身を離そうとしかけたルイはしかし、なにかに気づいたように動きを中断し、伊月の目元をすっと手で覆ってきた。

「ルイ……？」

「……なあ、伊月。もし今、俺がこの城の守りを解いたら……、押し寄せてくる浮遊霊たちに、お前がこんなにいやらしい体だってバレるんだろうな？」

「なに、言って……っ、あっ、んんんっ」

目元を覆ったのと反対の手で伊月をやわらかく抱きしめたルイが、ぐちゅんっと再び最奥を貫く。

下生えが擦れるほど密着したまま、やわらかな奥を、熱く疼く隘路をねっとりと擦り立てながら、ルイが悪戯《いたずら》そうな笑み混じりの声で囁きかけてきた。

「想像してみろよ。窓越しに、無数の浮遊霊たちがお前を見てる……。俺に抱かれて悦《よろこ》んでるお前を、皆が見てるんだ」

「……っ、や、め……っ」

吹き込まれる声に、異常な状況を否応なく想像させられて、伊月は身を震わせた。

赤く尖った乳首も、ゴムがなければぼたぼたと蜜を零しているだろう濡れきった性器も、全部見られてしまう。太い雄に奥の奥まで貫かれて、快楽に溺れている自分を全部、誰かに見られてしまう――。

「や、だ……っ、や……っ、ルイ、嫌だ……！」

怖くて、それ以上にその想像で確かに感じてしまっている自分に混乱して、伊月は怯えた声を上げた。ごくりと背後で喉を鳴らした男が、ハーッと大きく息をついて呻く。

「……悪かった。冗談だ。こんなお前を、他の誰かに見せるわけないだろ」

目元を覆っていた大きな手が、そっと離れていく。

窓の外に誰もいないことにほっとして、伊月は背後の男を振り返って睨んだ。

「……ああいうのは、冗談でも嫌だ」

「でも、お前も興奮して……、痛っ」

伊月に肘鉄を入れられたルイが、息を詰める。びく、と中で震えた雄茎に、自身もちょっと息を詰めながら、伊月は言った。

「オレはお前としかこういうことしたくない。誰にも見られたくないし……、誰にも、見せたくない」

伊月だって、まさかルイが本当にあんなことをするとは思っていないが、それにしてもタチが悪すぎる。なにより、最中の恋人の姿なんて誰にも見せたくない。

抱かれているのは自分の方だとか、ルイはほとんど着衣も乱していないとか、そんなことは関係ない。

愛し合うひと時を二人だけの秘密にしておきたい、欲に溺れる恋人の艶姿《あですがた》を見せたくないと思って、なにが悪い。

（……それに、本当にあと少ししか、こうしていられないんだ）

悲しみに沈んでばかりいたくはないが、それでも自分たちが一緒にいられる時間は限られている。たとえ冗談でも、他人を二人の時間に割り込ませてほしくない。

「伊月……。……悪かった」

今度こそ心から謝罪したルイが、ぎゅっと伊月を抱きしめて額を擦りつけてくる。

「俺に抱かれて乱れるお前が可愛くて、調子に乗った……」

絶対誰にも見せない、と呻いたルイに苦笑して、伊月は半身を捻るとルイの顎をかぷりと甘噛みして言った。

「ん、もういいよ。続きはあっちでしよ、ルイ」

「……ああ」

頷いたルイが、伊月のこめかみにキスを落としつつ、カーテンに手を伸ばす。

厚いカーテンに閉ざされた部屋は、すぐに甘い蜜音と睦言《むつごと》で満ちていった――。

ぽたりと落ちた違和感の滴がシミのように広がったのは、その二日後、伊月《いつき》が現世に帰ると決めた前日のことだった。

「そうそう、それで結局あのヅラ疑惑のあった先生、同窓会に来た時にさ……」

ルイの部屋の窓辺にある、大きなソファにくっついて座って、伊月は夢中で思い出話をしていた。

なにせ五歳の頃からの幼馴染《おさななじ》みだ。話題はいくらでもあるし、尽きることがない。

「前より髪ふさふさになってて、やっぱヅラじゃんってなって。で、一人が凸《とつ》ったんだよ。『先生それカツラ?』って。そしたら先生、ニヤッて笑って、髪引っ張ってみせて!」

「……地毛だったのか、あれ」

「そう! びっくりだよな!」

声を弾ませた伊月をじっと見つめつつ、ああ、とルイが頷《うなず》く。

戻ってきた記憶をルイと共有したくて、迫る別れの時から少しでも気を逸《そ》らしたくて、伊月はほとんどルイに背を預けるような格好で、思いつくままに話し続けた。

高校に入学してすぐの頃、帰り道に二人でコンビニに寄って買い食いしていたところを生活指導の教諭に見つかって、しこたま叱《しか》られたこと。

学園祭の催しで、仲のよかった数人で当時流行していたアイドルのダンスを完コピして、皆で似合わない女装をしてキレキレのダンスを披露したけれど、惜しくも優勝を逃したこと。

その内の一人が去年結婚して、もうすぐ赤ちゃんが生まれること――。

明日で現世に帰らなければならないと思うといくら話しても話し足りなくて、夢中で話し続ける伊月をじっと見つめながら、ルイが言葉少なに相槌《あいづち》を打つ。

（あれ……、なんか……）

いつの間にか自分ばかりが喋《しゃべ》っていることに気づいて、伊月はふっと黙り込んだ。

すぐに気づいたルイが、問いかけてくる。

「……どうした、伊月」

「いや、なんかオレばっかり喋っちゃってるなって。ルイ、退屈じゃないか？」

元々類《るい》はそうお喋りな方ではなかったが、それにしたって昔はもう少し言葉数が多かったように思う。

心配になって聞いた伊月だったが、ルイは少し表情をやわらげると、さらりと告げた。

「好きな奴《やつ》が楽しそうに話してるのに、退屈するわけないだろ」

「す……、お前、結構そういうの照れないタイプだったんだな」

臆面もなく言うルイに、こちらが照れてしまう。熱くなった頬をぱたぱたと手で扇《あお》いだ伊月を、ルイが目を細めてからかう。

「お前は結構照れるタイプだったんだな」

「……うるさいですよ」

照れ隠しに小突くと、これみよがしにキスが降ってくる。

海外かよ、と笑った伊月は、なにも言わずじっと自分を見つめ続けているルイに気づいて、ツキンと胸が痛くなった。

――伊月が現世に帰ることを決めてから、ルイは滅多に笑わなくなった。

時折軽口を叩《たた》くことがあっても、伊月が笑うとスッと表情が抜け落ち、じっとこちらを見つめてくる。

まるで、伊月の一挙手一投足すべてを記憶しようとするかのように。

(……いつの間にかオレばっかり話してるのも、多分同じ理由なんだろうな)

現世に帰れば冥府での出来事を忘れてしまう伊月とは違い、ルイの記憶はずっと残る。しかも彼は、この先何百年もこの冥府の王であり続けなければならないのだ。

(ごめんな、ルイ。……ごめん)

自分が謝ることではないと分かっていても、罪悪感を抱かずにはいられない。

心の中でルイに謝った伊月だったが、その時、部屋に山吹《やまぶき》が転がり込んできた。

「ルイ様、大変大変！　紅《くれない》と浅葱《あさぎ》が……」

「どうした？」

慌てふためいている山吹に、サッと顔色を変えたルイだったが、続く言葉はあまりにも平和なものだった。

「今夜の伊月様のお別れ会のケーキ、どれがいいかで大ゲンカしてるよう！」

「………」

「伊月様、ショートケーキとチョコケーキ、どっちがいい⁉ あとあと、お寿司にするかピザにするかでも揉《も》めてて……！ あっ僕はね、フライドチキンの骨が好き！」

はあ、と無言でため息をついたルイに苦笑して、伊月はソファから立ち上がると、山吹の頭を撫《な》でて答えた。

「じゃあ、ショートケーキとピザをお願いしてもいいかな。フライドチキンもお願い。オレはお肉の部分の方が好きだから、骨はあげるね」

「分かった！ えっと、あとね……。あれ、なんだっけ？」

他にもあれこれ聞いて来いと言われたのだろう。首を傾《かし》げた山吹が、うーんうーんと懸命に思い出そうとするのを見て、ルイがため息混じりに言う。

「俺が行って、決めてくる。どうせピザの種類でも揉めるだろうからな……」

「ああうん、頼んだ」

確かに、この調子では延々と揉めそうだ。送り出すためにと色々考えてくれるのは嬉《うれ》しいが、ケンカはしてほしくない。

苦笑した伊月は、そうだ、と思いついて言った。

「あ、じゃあオレ、ちょっと現世の様子見てきてもいいかな？　記憶が失《な》くなるにしても、今皆がどんな様子か見ておきたいし」

送別会の準備に、送り出される側が口を出すのも野暮というものだろう。

ルイがいない間、別の用事を済ませておこうと思って言った伊月に、ルイが頷く。

「ああ、それなら山吹と一緒に……」

「えー、でも僕、広間の飾り付けしないと！」

紅たちのせいで遅れてるし、と困ったように言う山吹の頭を撫でて、伊月は微笑《ほほえ》んだ。

「飾り付けまでしてくれるの？　ありがとう、楽しみにしてるね。ルイ、オレは一人で大丈夫だから」

「だが……」

「ちょっと様子見て、すぐ戻ってくるよ。ルイもそんなに時間かからないだろ？」

水盤のある部屋にはもう何度も行っているし、使い方も把握している。

付き添いがなくても平気だと言う伊月に、ルイが少し躊躇《ためら》いながら頷く。

「分かった。だが、水面には触らないよう気をつけろ」

「うん、分かってる」

明日現世に帰るというこのタイミングで、魂ごと消滅したくはない。

気をつけるよと笑った伊月の前で、ルイがくるりと手首を回す。すると、なにも持っていなかったその手にパッと、水盤のある部屋の鍵が現れた。

何度見ても手品みたいだなと感心しつつ、伊月は紐《ひも》のついたその鍵を首から下げ、ルイたちと別れて部屋を後にした。

長い廊下を歩きつつ、窓の外に視線を向ける。

冥府の空には、暗雲が重く垂れ込めていた。

(……天気、日に日に悪くなっていくな)

想《おも》いが通じて以来、日を重ねるごとに暗く淀《よど》んでいく空に、落ち着かない気持ちになる。

冥府の天気は、ルイの心境に大きく影響される。

元から日中はずっと薄曇りだったが、昨日は夜も曇天だった。これまで夜だけは必ず毎晩、綺麗《きれい》に晴れていたのに。

(これが、今のルイの心の中……、なんだよな)

真っ黒な雲に覆われた空を見上げて、伊月はため息をついた。

二人でいる時は穏やかなルイが、実際はこんなにも重く苦しい気持ちを抱えているのだと思うと、たまらなくなる。けれど、伊月にはどうすることもできない。

(オレだって、ルイと離れたくなんかない。でも、現世に戻らないわけにはいかない)

生者の自分は、本来冥府にいてはいけない存在だ。

ルイもそれは重々承知だからこそ、こんなにもつらい胸の内を堪《こら》えて、残りわずかな時間を大切に過ごそうとしてくれているのだろう。

それが分かるから余計に切なくなるし――、違和感を覚えずにはいられないのだ。

もちろん、伊月だってルイとの別れはつらくてたまらない。どれだけ頭でそうしなければならないと分かっていたって、雲一つない晴天なんて気持ちには、到底なれない。

けれど、だからこそ二人で過ごす時間をかけがえのないものに感じているし、そこに希望も見出《みいだ》している。

たとえ忘れてしまうとしても、自分の中にはきっと、ルイとの幸せな思い出が残る。

自分の中から大切な存在が抜け落ちたようなあの感覚はまた覚えるかもしれないが、それでも以前のような喪失感とは違うものになるはずだ。自分はその感情を受けとめて、今度こそ前を向いて生きていけるだろうと、そう思う。

――だが、ルイの心を映したこの空は、日に日に希望を失っていっているように見える。

たった一条の光も差さず、一粒の星も輝かないこの空は、まるで真っ黒な絶望で塗《ぬ》り潰《つぶ》されているかのようだ。

(ルイはこの間、共に過ごした思い出があれば、この先なにがあっても耐えられるって言ってた。だから、てっきりルイもオレと同じで、一緒にいた思い出を大事にして、つらい思いを乗り越えようとしてくれてるんだとばかり思ってたけど……)

この空を見る限り、今のルイの心にはなんの希望もないように見える。

悲しみに呑《の》み込まれ、すべての希望や喜びから目を背けているかのようなこの空は、伊月が現世に帰ることを納得しているようには到底見えない――。

（……いくらなんでも、それは考えすぎだ。ルイは、オレを現世に帰すと約束してくれた。あいつは、約束を破るような奴じゃない）

幼い頃から、ルイはどんな小さな約束もきちんと守ってくれていた。

いくら別れがつらくとも、ルイが自分との約束を反故《ほご》にするとは思えない。

それに、ルイは今の自分に課せられた責任の重さをよく分かっているはずだ。冥府の王としてしなければならないことは、しっかりと成し遂げるだろう。

――伊月は窓の外から視線を外して、ふうと息をついた。

ルイにとって、今一緒に過ごしているこの時間がただつらいだけの思い出になってしまうのは、嫌だ。

ルイがこの先自分を思い出す度に悲しみに暮れるなんて、想像するだけで胸が苦しくなる。

それに、自分たちが想いを通わせたこの数日間の記憶は、彼の中にしか残らないのだ。

美しい思い出になりたいわけではないけれど、この数日間の思い出が悲しみだけに満ちたものであって欲しくはない。

どれだけつらくても、悲しくても、伊月にとってルイと一緒にいる今はとても、とても大切なものだから。

（……早く、この空が晴れるといいな）

少しでも早く、冥府の空が晴れてほしいと願わずにはいられない。

一日でも早く、また美しい星が輝く夜が訪れてほしい――。

「せめて、オレが現世に戻っても記憶を失くさないでいられたなら、ルイももう少し気持ちが軽かったのかな」

ぽつりと呟《つぶや》いて、伊月は頭を振った。

そんな方法があれば、ルイも自分もとっくにそれを選んでいる。

（……やめやめ。オレにできるのは、明日までなるべくルイのそばにいて、あいつに楽しい思い出をたくさん残してやることだ）

きっとルイもすぐ戻ってくるだろうから、自分も早く戻らなければと、伊月は気持ちを切り替えて水盤のある部屋の鍵を開けた。

石造りの部屋は相変わらず照明が絞られており、薄暗かった。

中央の台に設置されている水盤に歩み寄った伊月は、ふうと息をつき、まるで鏡のように静かな水面に片手を翳《かざ》す。

（とりあえず教授の様子を見て、それから麻耶《まや》さんの方を……）

目を閉じた伊月が、まずは中田《なかた》の顔を思い浮かべようと身を屈《かが》めた、その時だった。

「……っ、しま……っ」

シャツのボタンをいくつか開けていたせいで、首に下げていた部屋の鍵がするりと落ち、水盤に触れそうになる。

反射的に鍵を掴《つか》もうとした伊月の指先が、ぴちゃりと水面に触れた、――次の瞬間。

――ブワッと目の前が一気に明るくなり、伊月の視界が真っ白に染まる。

（……っ、なんだ、これ……！）

あまりの眩《まぶ》しさに思わず目を瞑《つむ》りつつ、まさこのまま死ぬのだろうかと青ざめかけた伊月はしかし、突然頭の中にこだました声に息を呑んだ。

『伊月……、無事に現世に戻ったのか。よかった……』

（……っ、な……）

――それは、明らかにルイの声だった。

どうしてルイの声が、と戸惑う伊月の頭の中に、続けざまに幾つものルイの声が響く。

『三ヶ月後？　……っ、あの女王、失敗してるじゃないか……！』

『……でも、約束通り俺の記憶は失くしてる』

『これで、よかったんだ』

『……これで、よかったんだ』

（……っ、これ、まさか……、昔のルイの声、か？）

次々に響いては消えるルイの声は、今より少し若い印象だ。内容から察するに、どうやら伊月が現世に戻された直後のようだから、おそらく十年前のものだろう。

（もしかして、この水盤を見ていた時のルイの心の声……？　水面に触れたら、魂が消滅するんじゃなかったのか？）

戸惑いつつ薄目を開けた伊月だが、視界は真っ白でなにも見えない。

とりあえず死んではいないようだけれど、今自分はどうなっているのかと必死に目を凝らす伊月の頭の中で、ルイの声が響き続ける。

『伊月さえ幸せなら、俺はそれでいい』

『たとえお前に忘れられても、もう二度と目が合わなくても、こうしてお前のことを見守っていられるだけで、俺は十分だ』

『……もしあの夜、あのまま佐伯《さえき》さんの家の二階にいたら、俺は今頃伊月と一緒に大学生になっていたんだろうか』

『考古学か。お前らしいな、伊月』

『伊月はこのまま研究者になるのか……。俺は、本当だったらなんの仕事を選んでたんだろうな』

（……っ、ルイ……）

どうやら声は、過去から現在へと順を追って再生されているらしい。

おそらくルイは過去の声が聞こえることを知っていて、伊月に聞かせたくなくて、水盤に触れたら魂が消滅するなどと言ったのだろう。

ルイはこの十年の間、この水盤で現世の様子を、伊月の様子を、冥府からずっと見守っていたのだ――。

（あいつ……っ）

唇を引き結んだ伊月をよそに、過去のルイの声がこだまし続ける。

『見守っているだけで十分だなんて、嘘《うそ》だ』

『俺は、お前と一緒に年を取りたかった。恋人になれなくても、一番そばにいたかった』

『なんで、俺はお前と離れてこんなところにいるんだろう』

『伊月の声が、聞きたい。こんな水鏡越しじゃなく、直にお前を見たい』

『伊月が冥府の王になっていたら、今頃俺はもっと苦しんでたはずだ。だから、これでよかったんだ。……よかったんだ』

幾百、幾千の声が、次第に歪《ゆが》み、苦しげな呻《うめ》きを伴い出す。

少し若かったルイの声は、だんだん今のルイのものに近づいていていた。

『……なんで、ずっとその女のことを見ているんだ』

『……っ、伊月が、選んだ相手だ。伊月さえ幸せなら、俺はそれでいい。いいんだ……！』

『こうなる可能性があることは、分かってたはずだ。伊月が俺以外の相手と一緒になるかもしれないと分かっていて、それでもこの道を選んだのは、俺だ』

『俺は、伊月に人生を救われたんだ。伊月がいてくれたから、俺はあの地獄でもどうにか生きていられた。その伊月が幸せになるなら、それでいい』

『俺は伊月の幸せを、祈ってる。……祈ってるんだ』

『っ、危ない、伊月……！』

——叫ぶルイの声を最後に、真っ白だった視界が急速に収束していく。

気が付くと、伊月は先ほどとなにも変わらない、静かに水を湛《たた》えた水盤の前に立ち尽くしていた。

「……ぁ……、オ、レ……」

耳の奥に残るルイの苦悩の声に、ぐうっと胸の奥から熱いものが込み上げてくる。

今にも決壊しそうなそれを必死に堪えて、伊月は唇を引き結んで俯《うつむ》くと、固く、固く拳《こぶし》を握りしめた。

(オレ……、ルイの苦しみを、全然分かってなかった)

ルイにとって、今がつらいだけの思い出になってしまうのは嫌だと、そう思っていた。

冥府の空が、彼の心が早く晴れたらいいいと、その方が彼にとっても幸せなはずだと、そう思っていた。

だが、それは置いていく者の——、エゴだ。

（オレが冥府を去ったら、ルイはあの苦しみをもう一度……、ううん、何度も、永遠に、繰り返さなきゃならないんだ）

ルイはこの先何年も、何百年も、この冥府に一人で取り残されるのだ。

たった一ヶ月間の記憶さえ失って現世に帰ってしまう自分が、彼の苦悩が早く晴れればいいなんて、どうしてそんな自分勝手なことを思えたのだろう。

どうして、彼の苦しみを分かった気になっていたのだろう。

（これでよかったんだって、そう言ってた。何度も、……何度も）

聞こえてきた無数の声を思い出す。

あるはずだった未来への未練も、孤独も、渇望も、ルイは伊月への想い一つで堪えていた。

伊月の幸せを願っていると、必死に声を絞り出して。

その言葉に、縋《すが》りついて。

（……っ、オレは……）

自己嫌悪に胸が潰れそうで、伊月がきつく眉を寄せたその時、部屋の入り口から声がかけられる。

「伊月？」

「……ルイ」

「なかなか帰ってこないから来てみたが……、どうかしたのか？」

どうやら伊月が体感していたより、時間が経《た》っていたらしい。立ち尽くす伊月に、ルイが歩み寄ってくる。

伊月は衝動的にルイに駆け寄ると、彼に飛びつき、くちづけていた。

「ルイ……！」

「……っ、いつ、ん……！」

驚きながらも伊月を抱きとめたルイが、唐突なキスに応える。

自分よりもずっと冷たい唇に滅茶苦茶にくちづけながら、伊月は心の中で繰り返した。

（ごめん……！　ごめん、ルイ、ごめん……！）

自分が謝ることではないのかもしれない。

けれど、謝らずにはいられない。

伊月自身が直接そうしたわけではないけれど、それでも類の人生がこうまで変わってしまったのは、間違いなく伊月のせいだ。

自分が類の人生を、変えてしまったのだ——。

（それなのに、オレはまた、ルイを一人にしてしまう。……また、あんな苦しい思いをさせてしまう）

謝ってどうなるものでもないし、伊月にはどうすることもできないことは分かっている。

でも、たとえそう思うことが身勝手だったとしても、伊月はやはり、冥府の空が晴れてほしいと思わずにはいられない。

あの空に、ルイの心に、希望の光が戻ってほしいと願わずにはいられない――。

「ん……、伊月、どうしたんだ？」

くちづけを解くなり、ルイが心配そうに聞いてくる。

伊月は激情を無理矢理呑み込むと、懸命に笑みを作って答えた。

「……なんか、現世の様子見てたら急に寂しくなっちゃってさ。心配させてごめん」

いっそここで、今悟ったことを全部打ち明けて、ルイに謝りたい。自分も苦しいと、お前と一緒にいたいと、そう告げたい。

けれどそれは、甘えだ。

自分よりも圧倒的に、ルイの方が悲しくつらい思いをしているのだ。

そんな彼に、泣き言を言いたくはない。

この先、彼が自分を思い出す時に、ちゃんと笑顔でいたい。

きっとその方が、彼の心も早く晴れるはずだ――。

「……急にごめん。でも、本当になんでもないんだ」

改めて謝り、微笑んだ伊月は、ルイの手を取って促した。

「紅たち、ちゃんと仲直りした？　お別れ会の準備できたなら、早くやろう」

「あ……、ああ。伊月、本当に……」

戸惑った様子で自分を気遣おうとするルイを、軽いキスで遮る。

「ん、オレは大丈夫だから。……でも、お別れ会終わったらすぐ、ルイの部屋に行きたい。たくさん、抱いてほしい」

「……っ、なら、今すぐに……」

今にも自分を部屋に連れ込みそうな勢いのルイを、伊月は笑って制した。

「それは駄目。紅たちがせっかく用意してくれてるのに、行かないとかないだろ」

不満そうな顔をするルイの手を引いて、部屋をあとにする。

本当は自分の方こそ、早く彼と二人になりたい衝動を、押し隠しながら。

◆

『これで、よかったんだ』

照明の絞られた薄暗い部屋の中、水盤に映し出された彼をじっと見つめて、俺は呟いた。

揺れる水面に映る彼――伊月は、戸惑った表情で両親の墓の前で膝をついている。

彼はつい先日、自分が三ヶ月間の記憶を失い、すでに両親が荼毘《だび》に付されていることを聞かされたばかりだった。

(これでよかった。……よかったんだ)

いくら自分に言い聞かせても、本当によかったのか、この先後悔しないだろうかと邪念が頭をよぎる。

伊月は俺にとって、何ものにも代え難い、たった一つの救いだ。それは間違いない。

けれど、だからこそ、もうその彼のそばにはいられないことが、苦しい。

俺の望みはただ、伊月のそばにいることだった。

たとえこの先、家や両親に縛られ、思うように生きられない人生だったとしても、伊月さえいてくれたらそれでいいと、そう思っていた。

その伊月の中から、俺は俺自身の存在を、消したのだ。

(……っ、伊月が、俺のことで自分を責めないようにするためだ……！)

散々悩んで、どうするのが一番いいか考えに考えて、選んだことだ。

それなのに未《いま》だに迷いがある——、否、己の弱さに呑み込まれそうな自分自身に腹立たしさを覚えて、俺は水盤の台座を摑む手にぐっと力を込めた。

幾度も、幾度も深呼吸を繰り返し、自分への怒りを抑え込みながら、言い聞かせる。

(……他に伊月を救う方法はなかった。それは、確かだ)

それだけ分かっていれば、十分だ。伊月を救う方法があると分かっていて、俺がその方法を取らないわけはないのだから。

伊月のために使ったのなら、俺の命にも意味はあると思える。

(これで、よかったんだ)

きつく眉を寄せつつ、俺は水盤から離れようとした。

しかしその時、すぐそばの空気がゆらりと陽炎《かげろう》のように揺れる。現れたのは、巨大なジャガーを従えた女王だった。

『おや、浮かない顔じゃのう』

顔を見るなり、わざとらしくそう言う女王を、俺はじろりと睨《にら》んで言った。

『……あんたがあいつを、三ヶ月後なんかに送り返したからな。話が違うだろう』

『仕方なかろ。なにしろあの童は、冥府の王に値する力の持ち主じゃからの。思わぬ抵抗があったのじゃ』

誤差じゃ誤差、としれっと肩をすくめた女王が、ジャガーの背を撫でつつ言う。

『だが、お前の悩みはそれが原因ではあるまい』

『………』

『大方、実際にあの童がお前の記憶を失っているのを目の当たりにして、気が滅入っておるといったところか。自分から願ったくせに、情けない男よの』

『……うるさい』

図星を指されて、余計に苛立《いらだ》ちが募る。

自分がどれだけ情けないかなんて、重々承知している。

わざわざ指摘するなと唸《うな》った俺に、女王はフンと鼻を鳴らして問いかけてきた。

『しかし、そこまであの者に入れ込んでおるのに、何故《なぜ》記憶を奪えと言うたのじゃ？　お前、本当は未練を断ち切る気など更々なかろう？　そんな覚悟があれば、毎日この水盤を覗《のぞ》き込んだりはすまい』

伊月が幸せでいてくれたら、俺も未練を断ち切ることができる。だから俺という存在をなかったことにしてくれと言ったことを引っ張り出されて、俺は黙り込んだ。

——あの時は、確かにそうするつもりだった。だが同時に、自分が簡単に伊月への想いを断ち切ることなどできないことも、どこかで分かっていた。

伊月は、俺のすべてだからだ。

あの時、彼がおれを見つけてくれたから、おれは雪の日が好きになった。

あの時、彼がおれを『とくべつ』だと言ってくれたから、どんなつらいことも耐えられた。

彼との約束は、いつだっておれの希望だった。

彼がいたから、おれは孤独じゃなかった。

彼への想いがあったから、おれはおれでいられた。

そんな想いを、そう簡単に捨てられるわけがない。

——だが、伊月は違う。

伊月は、たくさんの愛を知っている。

家族から、友達から、周囲から愛され、彼自身も惜しみなく愛を返している。

俺にとって愛という感情は彼に対するものだけだが、伊月にとってのそれは、違う。伊月にとって俺は、たくさんある愛情の中の一つでしかない。

きっと伊月は、もし俺が突然行方不明になったら心底心配してくれるだろう。必死に探してくれるだろうし、しばらくは俺のことで頭がいっぱいになるかもしれないが——、やがて、忘れてしまう。

情に篤《あつ》い彼のことだから、完全に忘れることはないかもしれない。

けれど、俺は彼の家族でもなければ、恋人でもない。五年経ち、十年経てば、心の片隅に埋もれる程度の存在になることは確かだ。

——だから俺は、俺という存在そのものを消してくれと頼んだのだ。

伊月に忘れられるくらいなら、最初からなかったことにしてしまった方が、ましだから。

いつか忘れられることに、ずっと怯《おび》えていたくないから。

あいつがいつか、俺を忘れることが耐えられないから。

(……俺は、本当に情けない男だ)

結局俺は、最悪の事態を恐れて、その手前の選択をしただけに過ぎない。

俺は、俺の中の伊月を今のまま、ずっと俺を覚えていて、大切な幼馴染みとして俺を慕ってくれている伊月のままにしたかったのだ。

彼が俺のことで自分を責めないようになんて、そんな綺麗な気持ちだけで伊月の記憶を封じたのではない。

あれは、俺のエゴだ。

俺は、伊月に忘れられたくなかった。

他のなにを犠牲にしても、どんな苦痛や孤独が待っているとしても、彼に忘れられたくなかったのだ——。

『……まあ、冥府の王の務めさえしっかりと果たすならば、儂《わし》はお前がどういう考えであろうが一向に構わぬがの』

いつまで経ってもなにも答えない俺に、存外やわらかい声でそう言って、女王が踵《きびす》を返す。

『いつまでも水盤ばかり見ておらんで、外に来い。覚えてもらわねばならぬことは、まだまだ山ほどあるぞ』

『……ああ』

頷いて、俺は今度こそ水盤から離れる。

映像が消える瞬間、伊月の目に浮かんだ涙がかすかに光るのが見えて、俺はぐっと眉を寄せて唸った。

『……これで、よかったんだ』

薄暗闇に、呟きが落ちる。

静かにその声を受けとめた水面が、ゆらりと小さく揺れていた――。

伊月様、と遠慮がちに呼ぶ声に、ふっと意識が浮上する。

「ん……」

(オレ……?)

なんだか深い夢を見ていた気がする。

夢の中で、懐かしい誰かが苦しんでいたような、そんな気が。

(なんの夢だったんだろう……)

何故だか妙に夢の内容が気になって、ぼうっとした頭で思い出そうとする伊月だったが、その時、再度部屋の外から声がかかる。

「伊月様、夜分に申し訳ありません」

「……紅?　ちょっと待って……」

淡く消えていく夢の輪郭を少し残念に思いつつ、伊月はのろのろと身を起こした。

昨日、伊月は紅たちが開いてくれたお別れ会の後、すぐにルイの部屋に引き上げて、それからずっとルイと二人でベッドにいた。日付が変わっても求め合っていたため、いつ寝てしまったのか定かではないが、隣にも部屋の中にもルイの姿はない。

カーテンの隙間《すきま》から見える外はまだ薄暗かったが、夜明けは近そうだった。

（ルイ、どこ行ったんだろう……）

　おそらく伊月が眠った後に、ルイが体を清めてくれたのだろう。肌はさっぱりしているし、寝間着も着ているが、体中至る所ルイのキスマークだらけだ。

　伊月はベッドから降りると、近くのソファにかけてあったガウンを羽織り、扉に向かってどうぞと声をかけた。

「失礼します。こんな時間に申し訳ありません、伊月様」

「ううん。……なにかあったの？」

　緊張した面もちの紅に、眠気に支配されていた頭がスッとクリアになる。嫌な胸騒ぎに眉を寄せた伊月に、紅が告げた。

「お伝えするかどうか迷ったのですが……、実は先ほど佐伯殿が来て、ルイ様と激しく言い争っていたようなのです」

「え……」

「ルイ様は、伊月様を起こさないようにと仰《おお》せだったのですが、お二人が森の方へ向かわれたので、気になって……。今、浅葱と山吹にこっそり後を追わせています」

　主人の命に忠実な紅が、それを破ってまで自分に知らせに来たくらいだ。二人は相当激しく言い争っていたのだろう。

　伊月は靴を履きつつ、紅に問いかけた。

「分かった、オレもすぐ行く。なにを言い争ってたか分かる?」

「いえ、ルイ様に下がっているよう言われていたので、内容までは……。ですが、最初はルイ様がひどくお怒りで、佐伯殿がそれをなだめている様子でした。そのうち佐伯殿も怒り出して、口論になっていたようですが……」

「……そう。とにかく、二人をとめないと。行こう、紅」

部屋を飛び出した伊月は、紅と共に急いで森へと向かいつつ、考えを巡らせた。

(最初はルイが怒ってたって……、一体なにがあったんだ?)

伊月が記憶を取り戻す前こそ、ルイは佐伯のことを警戒し、荒い言葉を投げていたが、そもそも十年前の類は佐伯にとても懐いていた。佐伯に将棋を教わり始めたのだって、伊月より類の方が先だ。

類にとって佐伯は信頼できる数少ない大人の一人だった。だからこそあの土砂災害の夜だって、佐伯を心配してわざわざ家まで見に行ったはずなのに。

(なのに、その佐伯さんと激しく言い合ってたなんて……)

伊月にとっても、佐伯は実の祖父のような存在だ。とても放っておけないと獣道を急いだ伊月は、あの円墳の近くの茂みに身をひそませている浅葱と山吹の元に辿《たど》り着いた。

「浅葱、山吹」

「あっ伊月様、もう大変だよう」

珍しくベソをかきながら、山吹が駆け寄ってくる。

「山吹、一体なにが……」

「分かんないよう。でもルイ様、すごく怒ってる。自分から伊月様を奪う気かって……」

「……オレ？」

争いの火種がまさか自分だったとは思ってもみず、伊月は驚いてしまう。茂みに隠れ続けている浅葱の元にそっと近寄ると、円墳のすぐそばで言い争う二人の姿が見えた。

「ルイ……！　お前、自分がなにをしようとしてるのか、分かってるのか？」

「ああ、だがあんたに口出しされる覚えはない！　これは俺と、伊月の問題だ！」

激昂《げきこう》したルイが、佐伯を睨みながら距離を詰める。今にも摑みかかりそうなその様子に、伊月は慌てて茂みから飛び出て、二人の間に割って入った。

「ちょ……っ、落ち着いて、二人とも！」

「……っ、伊月、何故……」

息を呑んだルイが、伊月の背後の茂みから出てきたケルベロスたちに気づき、スッと目を眇《すが》める。

「……お前たちか」

「紅たちは、お前を心配してくれただけだ」

八つ当たりするなと眉をひそめて、伊月はため息混じりにルイに聞いた。

「それで？　ルイ、なんでこんな朝っぱらから、佐伯さんと言い争ってたんだ？」

「………………」

「……佐伯さん」

黙り込んだルイが梃子《てこ》でも口を割りそうにないと見て、伊月は佐伯に向き直った。

ふうとため息をついた佐伯が、苦々しげに言う。

「どうもこうもねぇよ。……こいつ、お前を現世に帰さねぇ気だ」

「え……」

思ってもみなかったことを告げられて、伊月は大きく目を瞠《みは》った。

——現世に、帰さない？　ルイが、そう言ったのか？　自分を現世に、帰さないと？

伊月の脳裏に、真っ暗な空が甦《よみがえ》る。

一条の光も差さず、一粒の星も輝かない、あの空。

暗い、冥《くら》いあの空は、伊月が現世に帰ることをルイが本当に納得しているようには、到底見えなかった——。

「な……、なんの冗談ですか、佐伯さん。そんなこと、あるわけないじゃないですか」

こくりと緊張に喉を鳴らして、伊月はぎこちなく笑い飛ばそうとした。

「なにかの間違いですよ。ルイはちゃんと、オレを現世に帰すって約束してくれてますから。なあ、ルイ？」

すべては佐伯の思い違いだと、そうルイに同意を求めようとして――、しかしそこで、思わず身を強張《こわば》らせる。

「……ルイ？」

暗い、冥い目を伏せたルイは、ひと欠片《かけら》も笑みを浮かべていなかったのだ。

まるで、真っ黒な絶望で塗り潰された、あの空のように。

「……知られてしまったなら、仕方ない」

ふう、と一つ息をついて、ルイがサッと片手を上げる。その手が顔の前をすうっと横切ったと思った次の瞬間、ふっと体から力が抜けて、伊月はその場に頽《くずお》れていた。

「ル、イ……？　なにを……」

息苦しくて、うまく声が出てこない。膝をつき、必死にルイを見上げる伊月に、佐伯と紅たちが駆け寄ってくる。

「伊月！　大丈夫か！」

「伊月様！　っ、あ……！」

しかし、ルイが続けざまにすっと空間を撫でた途端、佐伯たちもその場に倒れてしまう。

ドサドサッと身を横たえた一同を見下ろして、ルイが冷たい目で呟いた。

「最初からこうしていればよかった」

「ルイ……っ」

「……本当は、お前の知らないところで全部済ませるつもりだったんだ」

ちらっと伊月を見やって言ったルイが、円墳へと向かう。サッと彼が腕を横に払った途端、ルイの腕の中には伊月が――、怪我《けが》が完治した伊月の体が、抱えられていた。

「この体さえなければ、お前は永遠に俺の元にいられる」

伊月の体をそっと円墳の上に横たえて、ルイがその傍らに膝をつく。

自分を見下ろすルイの視線は、愛《いと》おしげで、悲しげで、――それ以上に、憎らしげだった。

「俺はもう二度と、お前と離れたくない。……たとえ禁を、犯してでも」

「な、にを……、ルイ……っ」

ルイは一体、なにを言っているのか。

なにをしようとしているのか。

幼馴染みの彼の考えなんて、手に取るように分かると思っていたのに、今は彼がなにを考えているのか、まるで分からない――。

「ルイ……！」

目を眇めながら必死に声を絞り出す伊月の前で、ルイがその手を眠る伊月の首にかける。

「やめ……っ、う……！」

「大丈夫だ、伊月。苦しいのは一瞬だ」

息を詰めた伊月を見やって、ルイが悲しそうに微笑む。

「お前は俺を憎むだろうな、伊月。……でも、それでもいい。お前をこのまま失うくらいなら、いっそ憎まれた方がいい」

「ル、イ……っ」

「お願いだ、伊月。ここにいてくれ。……俺を一人に、しないでくれ」

くしゃ、と顔を歪ませたルイが、ぐっと手に力を込める。

一層増した息苦しさに、伊月の目に涙が滲《にじ》んだ、――その時だった。

「陛、下……っ」

地に倒れ伏した佐伯が、苦しげに息を荒らげながら必死に呻く。

「来て下さい、陛下……っ」

(陛下って……)

まさか、と目を瞠った伊月の目の前が、陽炎のように揺らめき出す。

揺らめきは瞬く間に無数の光の粒となり、人の姿を形づくった。ほどなくして煌《きら》めきの中から現れたその姿に、一同は思わず息を呑む。

それは、浅黒い肌に細かい編み込みを施した黒髪の女性――、冥府の前女王だったのだ。

「やれやれ、呼ぶのがちと遅いのではないか、サエキ」

ふうとため息をついた女王が、ビーズのついた髪をシャラ、と後ろへ流して、星屑《ほしくず》のような光の残滓《ざんし》を振り払う。

カッと目を見開いて憤怒《ふんぬ》の表情を浮かべたルイが、佐伯を振り返って唸った。

「この……！」

「悪足掻《わるあが》きはやめよ、ルイ」

怒りの矛先を佐伯に向けようとしたルイを鋭い声で制した女王が、パチンと指を鳴らす。

その途端、四肢に力が戻ってきて、伊月は目を瞬《しばた》いた。先程までの息苦しさも、嘘のように霧散している。

立ち上がった伊月を見て、女王がニンマリと笑みを浮かべた。

「なんとか間に合ったようじゃの。すまんのう、サエキがモタモタしおったせいで、苦しい思いをさせて」

「そうは仰《おっしゃ》いますけどね、陛下。なかなか大変なんですよ？　貴女《あなた》の仰る『良き時』を見計らうのって」

伊月同様、ルイの力から解放されたのだろう。ほっとした顔つきで立ち上がった佐伯が、ぐるぐる肩を回しつつぼやく。

「できたらご自分でその『良き時』に乗り込んできてほしいものですが」

「いくら儂でも、それはできぬ。この城はもう、ルイのものになってしまっておるからの」

中から誰かに呼び込んでもらわんと、と言う女王は、どうやら最初から佐伯と繋《つな》がっていたらしい。

伊月は衝撃に呑まれつつ、なんとか言葉を発した。

「女王、陛下……」

「いかにも。まあ今は、愛と美の女神じゃが。どうじゃ、儂にふさわしいじゃろう、ルイ?」

ジャラ、と髪に編み込まれたビーズを鳴らして、女王がルイを振り返る。ハッとしてそちらを見やった伊月は、緊張に身を強張らせた。

ルイは、抜き身の短剣を伊月の——、円墳の上に横たわった伊月の胸元に、突きつけていたのだ。

「……そうですね。確かにあなたにぴったりだ。ですが、愛と美の女神はもう何人もいるのでは?」

「何人いてもよいものじゃ。愛も美も、星の数ほどあって然《しか》るべきじゃからな。……彼から離れよ、ルイ」

「嫌です」

にべもなく断ったルイに、女王がわざとらしく、ふうとため息をつく。

「ルイ、お前とて知らぬわけはあるまい。冥府の者が生者の生死に関わるは大罪。ましてお前は王じゃ。……生者に刃を向けるなど、言語道断」

「ええ。ですが、俺はそれでも伊月を現世に帰したくはないんです」

にこりとも笑わず、ルイがこちらをまっすぐ見つめてくる。

「……彼と共に在るためなら、俺はなんだってしてしまいます。……彼を、殺すことも」

「ルイ様！」

と、その時、それまで黙って伊月の足元に控えていた紅たちが、耐えきれなくなったように叫び出す。

「一体どうなさってしまったのですか、ルイ様！」

「目を覚ましてくれ、主《あるじ》！」

「そうだよ、こんなのルイ様らしくないよ！」

「……黙っていろ。お前たちの出る幕じゃない」

下がれ、とルイが苦々しげに言う。苦渋に満ちたその顔を見つめて、伊月は緊張しながらも問いかけた。

「ルイ。お前、本当にオレを殺す気か？」

「…………」

「お前は本当にオレを、殺せるのか？」

その手で、その刃で。

本当に自分を殺せるのかと、半ば茫然《ぼうぜん》としながら聞いた伊月に、ルイは――、目を伏せた。

「……ああ。それでお前が俺を、憎むのなら」

「っ！」

うっすらと笑みを浮かべたルイが、おもむろに短剣を振りかぶる。

伊月の胸元目がけて振り下ろされた切っ先はしかし、寸前でパッと消え去ってしまった。

「……っ！」

「やれやれ。愚かな弟子を持つと、苦労するのう」

ため息をついた女王の手には、ルイが振り下ろしたはずの短剣があった。くるりとそれを逆さに持ち直した女王が、なんの躊躇《ちゅうちょ》もなくシュッと短剣を投げる。

目にもとまらぬ速さでドスッと突き刺さったのは、――ルイの、胸元だった。

「ぐ……っ、うぁあ……っ！」

「ルイ！」

絶叫するルイに思わず駆け寄ろうとした伊月だったが、それより早く、ルイの体がふわりと宙に浮く。

「ルイ様！」

「主！」

慌てて駆け寄るケルベロスたちをよそに、手を宙に翳した女王が厳かに告げた。

「……ルイ、お前に罰を与える」

すう、と目を細めたその横顔は、数百年もの間、数多《あまた》の生と死を見つめ、導いてきた冥府の王たる威厳に満ちていた。

「死を統べる立場にありながら、なにより尊ぶべき生者に刃を向け、その命を奪おうとしたこと、到底看過できぬ……！」

「……っ、ぐぁあ……っ！」

女王が鋭く目を眇めた途端、ルイの胸に突き刺さった短剣が、更にぐっと深くめり込む。苦《く》悶《もん》の声を上げるルイを見るに見かねて、伊月は必死に女王に訴えた。

「ま……っ、待って下さい！　これには事情が……！」

だが女王は、懸命に取りなそうとする伊月に、皮肉な笑みを浮かべて言う。

「己を殺そうとした相手をそのように庇《かば》い立てするとは、優しいことよのう。だが、これは断じて曲げてはならぬ掟《おきて》なのじゃ」

これだけはの、と繰り返した女王が、血を流しつつも強い目でこちらを見つめ続けているルイを見据えて、言い渡した。

「冥府の王、ルイよ。そなたは決して犯してはならぬ罪を犯した。しばらく地獄で頭を冷やし、その罪を悔い改めよ……！」

くっとルイが悔しげに顔を歪ませたその瞬間、彼の姿が陽炎のように揺らめき出す。

伊月は慌ててルイに駆け寄った。

「ルイ！」

「伊、月……」

苦しげに名前を呼んだルイが、ふっと笑みを浮かべる。

――まるで、すべてが思い通りになったかのような、満足気な笑みを。

(え……?)

何故今微笑むのか、どうしてそんなに満ち足りた表情なのかと伊月が戸惑った次の瞬間、ルイが再び苦悶の表情を浮かべ、その姿が一気に業火に包まれる。

「うぁあ……ッ!」

「な……っ! ルイ!」

絶叫と共に真っ赤な炎に呑み込まれたルイに、伊月は目を瞠った。突如現れた猛火に一瞬怯《ひる》みながらも、どうにか助け出そうと手を伸ばすが、その指先が触れるより早く、ルイの姿が炎と共に掻き消えてしまう。

「……っ、なんだ、今の……。っ、おい、あんた、ルイになにしたんだ!」

茫然とした伊月は、すぐさま我に返って女王に詰め寄った。

柳眉を寄せた女王が、煩《わずら》わしげに伊月の手を払って言う。

「心配はいらぬ。あの程度で冥府の王は消滅せぬ。まあ、この先百年ほどはあの刃に貫かれたまま、地獄で苦しむことになろうが。……仕方がない、その間は儂が冥府の王を代行するしかないのう」

弟子の不始末は師の責任じゃからのう、と面倒そうに呟く女王に、伊月は食ってかかった。

「っ、戻して下さい！　ルイを帰せ……！」

「……キャンキャン吼《ほ》えるな、小童《こわっぱ》めが」

だが、スッと目を眇めた彼女が手を翳した途端、伊月の体がふわりと宙に浮く。一瞬目を瞠った後、伊月はどうにか再び女王に掴みかかろうともがいた。

「こ、の……っ」

「年下の男も悪くないかと思うたが、やはり儂の好みではないのう」

「なに言って……っ、っ！」

ぼやいた女王に気を取られた次の瞬間、ゆっくりと宙を飛んでいた伊月は、円墳の上に横たえられていた自分の体の上にふわりと覆い被《かぶ》さるように着地し――、その中に、戻っていた。

「う、く……っ」

ようやくあるべきところに戻った魂が、すうっと肉体を満たしていく。

ぐわんと襲い来る強い目眩《めまい》に呻きながら身を起こした伊月をじっと見つめて、女王が温度のない声で告げた。

「ここは、冥府。生者の来るところではない」

スッと、その手が伊月に向けて翳される。

「生者は現世に帰れ」

「待……っ！」

声を上げた伊月の視界が、ぐにゃりと歪む。

うっすらと明け始めた空に一粒の星が見えたと思った次の刹那《せつな》、伊月の意識はぶつんと途切れていた——。

八章

――一週間後。

静かな早朝、ホテルのベッドをそっと抜け出した伊月《いつき》は、手早く身支度を整えると、最低限のものを詰め込んだボディバッグを身に付けた。

緊張に顔を強張らせながらも、ぎゅっと靴紐《くつひも》を固く結ぶ。

「……よし」

小さく呟いて立ち上がり、部屋を出ようとしたところで、不意に背後から声がかかる。

「よし、じゃあないよ。一人で出かけるなって、何度言ったら分かるんだい」

ふああ、とあくびを嚙《か》み殺しながら出てきたのは、スウェット姿の中田《なかた》教授だ。寝癖のついた頭を搔いた中田は、それでも鋭い視線で伊月を睨んで言った。

「第一、今日は大学に戻る日だ。忘れたとは言わせないよ」

「先生……」

長年の恩師に咎《とが》められた伊月は、バッグのベルトを握りしめ、唇を引き結んだ。

——一週間前、伊月は現世に帰ってきた。

気がつくと、十年前にもいたあの神社の境内に倒れていたのだ。

だが、あの時とは違って、伊月の記憶はそのまま残っていた。

冥府にいた一ヶ月間の出来事を、——ルイのことを、しっかり覚えていたのだ。

何故記憶があるのか、どうして忘れないでいられたのかと混乱しつつも、伊月はすぐに森へと向かった。

自分の記憶が失われていない理由については分からないが、とにかくルイを助けなければならない。あの円墳を探して冥府へ戻らなければと思った伊月だったが、いくら森の中を探し歩いても、円墳には辿り着けなかった。

それでも必死に探し続けていた伊月は、日暮れ近くになって、あの落盤事故が起きた洞窟に辿り着いた。そして、そこで伊月のことを探していた斎藤《さいとう》と中田教授に再会したのだ——。

「またあの森に行こうとしていたのかい？」

中田が呆《あき》れるのも無理はない。なにせ伊月は二人と再会した後、検査のためにと入院させられた病院も抜け出している。

真夜中に円墳を探しに森へ向かっていたところを警察に保護され、病院から連絡が行った中田にさんざん叱られたのはつい数日前のことだ。退院してからも滞在しているビジネスホテルを毎日抜け出し、その度に中田に連れ戻されていた。

「……すみません」

現世に戻ってからというもの、迷惑をかけ通しの恩師に、伊月は謝った。腕を組んだ中田が、じっと伊月を見つめて言う。

「何度も言ったけどね、北浦《きたうら》くん。僕は謝ってほしいわけじゃない。君がどうしてそこまであの森にこだわるのか、理由を知りたいんだ」

「………………」

「……またダンまりかい」

ふうとため息をついた中田に、伊月は再度謝ろうとして、心の中だけに留《とど》めておいた。中田には申し訳ないが、理由を話したところで余計な心配をかけるだけだ。

(この一ヶ月、実はずっと冥府にいて、そこで再会した幼馴染みが冥府の王で、地獄に落ちた彼を助けに行きたいなんて……。言ったところで、誰が信じるんだ)

もし正気を疑われでもしたら、面倒なことになりかねない。そのため伊月は、行方不明になっていた一ヶ月間、森の奥を彷徨《さまよ》い歩いていたと嘘をつき、いくら中田や斎藤に尋ねられても、森に行こうとする理由を頑《かたく》なに話さなかった。

だが、そろそろそれも限界だろう。

伊月はぐっと拳を握りしめると、中田に向かって頭を下げた。

「……すみません、教授。僕、研究室を辞めます」

さんざん心配や迷惑をかけておいてこんなことを言い出すなんて、恩を仇《あだ》で返すようなものだとは分かっている。けれど、他にどうしようもないのだ。

伊月はこの地から離れるわけにはいかない。あの円墳を見つけるしか、自分が冥府に行く方法はないのだ。

こうしている今この時も、ルイは地獄で苦しみ続けている。たとえ自分を殺そうとした相手でも、――否、だからこそ、自分はルイを助けに行かなくてはならない。

だって、ルイをそこまで追いつめたのは、自分なのだから――。

「辞めるって……、本気かい、北浦くん」

驚いたように聞く中田に、伊月は深く頭を下げたまま答えた。

「はい。大学には後日、改めて届け出を出すつもりです。勝手ばかり言って申し訳……」

「君にとって考古学は、その程度のものだったのか?」

伊月を遮って、中田が問いかけてくる。

怒りを堪《こら》えるような静かなその声に、伊月は弾《はじ》かれたように顔を上げて否定しかけ――、息を呑んだ。

「っ、いいえ、そんなことは……、……っ！」

じっとこちらを見つめる中田は、先ほどの声とは裏腹に、優しい苦笑を浮かべていたのだ。

「……そうだよね。知ってるよ、北浦くんがどれだけ、考古学を愛しているか」

「先生……」

「つまり、君にとってはそれくらい大事ななにかが、あの森にあるってことだ。考古学と天秤《てんびん》にかけても譲れない、僕たちにも言えない、大切ななにかが」

「……っ、すみません……」

うなだれた伊月に、謝らないでって言ったでしょうと穏やかに笑った中田が、ふうとため息をつく。仕方ないねえと頭を掻いた中田は、おもむろに指を三本立てて告げた。

「三日間」

「え……」

「君、行方不明になっちゃって、夏休み取り損ねてるでしょう。今日から三日間は夏休みってことにしておくから、好きにおやんなさい。僕は先に帰って待ってるから」

ちょっと待ってて、といったん部屋に戻った中田が、封筒を持ってくる。

はいこれ、と渡された封筒には、三日後の新幹線のチケットが入っていた。

「先生、これ……」

「あの森になにがあるのか知らないけど、それでも僕は君に考古学を諦《あきら》めてほしくないんだ。だから三日で、気持ちの整理をつけてほしい」

伊月を見つめて、中田が続ける。

「たとえうちを辞めたとしたって、収入もなしに探し続けることなんてできないでしょう。どこかで区切りをつけなきゃならないなら、ここをその区切りにしなさい」

伊月自身で区切りをつけることは難しいだろうと踏んで、そう言ってくれたのだろう。

親子ほど年の離れた恩師は、優しい目で笑って言った。

「詳しく話せないなら、それでもいい。でも、僕だって君が夢を諦めないで済むように、できる限りのことをしたいんだから、少しは頼りなさいよ」

「先生……、……ありがとうございます」

深く頭を下げて、伊月はチケットをバッグにしまった。

（……三日間、やるだけやってみよう）

もし三日後になにも進展がなかったとして、自分がちゃんと気持ちの整理をつけられるのか、不安はある。

けれど、どこかで区切りをつけなければならないという中田の言葉は、正しい。

伊月はこの現世で、生きていかなければならないのだから。

顔を上げた伊月に苦笑して、中田が言う。

「一日一回でいいから、ちゃんと連絡は入れなさいよ。ああそういえば、野入《のいり》くんからは返信きたの？」

「いえ、それがまだ。……よっぽど体調が悪いんでしょうか」

現世に戻ってから、伊月は麻耶《まや》に幾度か電話をかけている。きちんとした話はちゃんと顔を合わせてからとは思っていたが、取り急ぎ心配をかけたことを謝り、交際を解消したいという自分の気持ちは話しておきたかったのだ。

しかし麻耶は伊月からの電話には出ず、メールを送っても返信がなかった。

中田によれば、麻耶は少し前から体調を崩して寝込んでおり、仕事も休んでいるらしい。こちらからの連絡には反応のない彼女だが、職場である博物館には時折電話があるらしく、その際に伊月が見つかったことも伝えていて、安心した様子だったとのことだった。

(もしかしたらオレのことで心労が重なって、体調を崩したのかもしれない。麻耶さんから連絡が来次第、ちゃんと謝らないと……)

改めてそう思った伊月に、中田が言う。

「戻ったら、僕も博物館の皆に話を聞いてみるよ。なにかあったら連絡するから」

「はい、お願いします。行ってきます」

「ん、行ってらっしゃい。気をつけてね」

手を振る中田にもう一度頭を下げて、伊月はホテルを出た。

事前に調べてあったバスに乗り込み、森に向かう。

――伊月がルイを助けなければならないと思う理由は、もう一つある。

(ルイがオレを殺そうとしたのは、多分演技だ)

それは現世に帰ってから数日、伊月がずっと考え続け、出した結論だった。

ルイがどうしてそんなことをしたのかは、分からない。けれど、地獄に落とされる寸前にルイが見せた、満足気な微笑み。あの微笑みが、どうしても引っかかる。

(あの時のルイは、まるでああなることを予測していた……、ううん、ああなることを望んでいたみたいだった)

それに、あの場では予想外の出来事に驚いてしまい、状況を把握するのに精一杯で違和感に気づけなかったが、いくらなんでも冥府に引き留めるために命を奪うなんてそんな滅茶苦茶な真似《まね》、ルイがするはずがない。

彼は命の尊さを誰よりも知っているし——、なにより、ルイが伊月との約束を破るわけがないのだから。

(……あいつは、あそこに女王が現れる可能性を知ってたはずだ)

ルイの継母《ままはは》を成仏させる前、伊月はルイに、図書室で女性から携帯を返してもらったと告げている。

あの時伊月は、女性が前女王だとは知らなかったが、ルイにはすぐ分かったはずだ。

(女王は、中から誰かに招かれないと城壁の中には入れないって言ってた……。女王を手引きしたのは佐伯さんだってことに、ルイが気づいてないはずがない)

気づいていて、わざわざ佐伯をあの円墳に連れていったということは、ルイはあの場に女王を呼ぶつもりだったということになる。

女王の目の前で伊月の命を奪おうとした理由、それはおそらく――。

（……自分を地獄に落とさせるため、だ）

ルイは、女王の前でわざと罪を犯した。そして思惑通り、地獄に落とされたのだ。

だが、何故彼がそんなことを目論《もくろ》んだのかが分からない。

何故ルイは、冥府の王の務めを放り出してまで、自分が地獄に落ちることを選んだのか。

（オレを現世に帰したくなかった？　でも、自分がいなくなった後、女王がオレを現世に帰すことくらい、ルイにだって予測できたはずだ）

伊月との別れがつらくて、自分の手で伊月を現世に戻せなかったというのも、なんだか違う気がする。伊月の知るルイは、他人の手に決断を委ねるような性格ではない。

一体ルイはなにが目的で、わざと地獄に落ちたのか。

（……二度と、離れたくないって言ってた。禁を犯してでも、憎まれてでも、オレを失いたくないって）

ルイのあの言葉は、彼の本心だろう。だが、地獄に落ちれば必然的に伊月とは離ればなれになるし、伊月が現世に戻されて記憶を失うことは分かっていたはずだ。

ルイが、百年の苦痛を負ってでも、守りたかったもの。

（オレはそれを、知りたい）

今も苦しみ続けているルイを放ってはおけないし、ちゃんと彼の口から謝罪を聞かなければ納得できない。

そしてそれ以上に、ルイに謝りたい。

ルイをそこまで追いつめてしまったのは、伊月に他ならないのだから――。

『次は、神社前。神社前』

考えを巡らせていた伊月は、聞こえてきた車内のアナウンスに慌てて降車ボタンを押した。

料金を支払ってバスを降りたところで、参道にいる人影に気づき――、瞠目《どうもく》する。

「え……、あれって……、麻耶さん⁉」

そこにいたのは、連絡が取れなくなっていた野入麻耶、その人だったのだ。

慌てて彼女に駆け寄り、伊月は動揺もそのままに尋ねる。

「あの、麻耶さん⁉　どうしてここに……、あ、体調は？」

「…………」

「あ……、怒ってます、よね。すみません、心配をかけて……。でも麻耶さん、顔色は悪くなさそうでよかったです」

ほっとした伊月だったが、麻耶はそんな伊月を見上げてハア、とため息をつき――。

「……やはり、年下の男は儂の好みではないのう」

ぼそりと、そうぼやいたのだ。

「え……」

聞き覚えのある言葉と、麻耶のものとは明らかに違う声に、伊月は何度も瞬きを繰り返す。

今、なんと言ったのか。

その声は、まさか——。

「じょ……っ、女王様⁉」

「ようやく気づいたか。鈍いのう」

呆れたように言った麻耶の姿が陽炎のように揺らめき、女王が現れる。

髪に編み込まれたビーズをシャララと揺らす彼女に、伊月は茫然として問いかけた。

「なんで……、い、いつから……？」

「いつからもなにも、最初からじゃ。麻耶は、儂が姿を変えていただけだからのう」

「……っ、どうして……」

何故そんなことをしたのか。一体なにが目的で、と混乱しながらも聞いた伊月に、女王が高らかに笑う。

「忘れたか。儂は愛と美の女神ぞ。不肖の弟子が、いつまで経っても片思いを拗《こじ》らせておるでの。ちょっと背中を押してやろうかと思ったのじゃ。……そなたの死期も、近いようじゃったしの」

「え……」

思ってもみなかったことを言われて、伊月は自分の耳を疑ってしまった。

「死期……？　死期って……、え、オレ、し……、死ぬ、んですか？」

「……そのはずじゃった」

じっと伊月を見つめて、女王がため息をつく。

「我らには、死期の近い人間が分かる。そなたも、一ヶ月前に死ぬはずじゃった」

「一ヶ月前って……、っ、まさかあの落盤事故……!?」

一ヶ月前に起きた命に関わるようなことといえば、それくらいしか思い当たらない。

目を瞠った伊月に、女王が頷く。

「左様。大方、悪霊の仕業とでも言われていたのじゃろうが、あれはただの事故じゃ。そなたはあの事故で死ぬはずじゃった。まさかあやつがそなたを助けてしまうとはのう」

苦い表情で唸る女王に、伊月は茫然として俯いた。

（……ただの、事故。オレはあの時……、死ぬはずだった）

冥府の王であるルイも、当然死期の近い人間が分かるはずだ。

ルイは、伊月の死期が近いと知っていた。だから伊月の危機にいち早く気づき——、助けて、しまったのだ。

人間の生死に干渉してはならないという、冥府の王にとって最大の禁を犯して。

「あ、いつ……！」

なにが悪霊の仕業だ。紅《くれない》たちにまで嘘をついて、一番やってはならないことをしていたなんて、一体どういうつもりだ。

（そんなことされて、オレが喜ぶとでも思ってるのか……！）

もちろん、伊月だって死ぬのは嫌だ。できることなら助かりたいし、生きていたい。

けれど、ルイに罪を犯させてまで助かりたいなんて思えない。

（なんてことしたんだ、あいつ……！）

怒りに震える伊月を見据えて、女王が言う。

「もしあの時、死んで冥府に行ったとしても、そなたの記憶は戻らなかった。おそらくルイは、冥府の王としてそなたを成仏させたじゃろう。あいつはクソ真面目じゃからの。……じゃが、もしもそなたの記憶が戻ったら？」

境内へと続く石の階段に腰かけて、女王は懐から扇子を取り出した。ゆったりとそれで顔を扇ぎながら続ける。

「そなたの記憶を封じたのは儂じゃ。そなたが死ぬ時に儂がその呪《じゅ》を解けば、冥府で『類《るい》』と再会できる。たとえ成仏するまでのひとときであろうと、想いを通わせることができよう。可《か》愛《わい》い弟子のために一肌脱いでやるかとそなたに近づいたのじゃが……、あろうことかそなた、儂に惚《ほ》れたと言い出しおった」

「……っ」

「仕方ないのう。儂は愛と美の女神だからの」

惚れるのも無理はないわ、と扇で口元を覆いつつ、女王がくっくっと笑う。

伊月は負け惜しみだと分かっていながらも、憮然《ぶぜん》と告げた。

「オレが麻耶さんに惹《ひ》かれたのは、類に似ていたからです。目を伏せた横顔の雰囲気が、そっくりだったから……」

「ああ。わざと似せたからの。そなたが自力で記憶を取り戻せば、苦労はいらぬと思うて」

「…………」

「あれは一種の呪《のろ》いじゃからのう。解くのはちと面倒なのじゃ」

結局自力で記憶を取り戻してなによりじゃ、と女王がにんまり笑う。

この人にはなにを言っても勝てない気がすると苦々しく思いながら、伊月は慎重に女王に問いかけた。

「……それで、あなたは現世になにをしに来たんですか？」

わざわざ事の真相を教えに来たわけではないだろうが、ならばどうして今更伊月に会いに来たのか。

そもそも彼女は、ルイが禁を犯して伊月を助けたことを知っていたはずだ。図書室で伊月に会っているのだから、それは間違いない。

しかしその上で女王は、伊月に携帯を渡した。つまり、ルイの罪に目を瞑って、伊月に記憶を取り戻させようとしたのだ。

しかし彼女は、伊月を殺そうとしたルイを罰してもいる。

結局彼女は味方なのか、そうでないのか。まさかここに現れたのは、自分が冥府に戻るのをとめるためか。

様々疑問が浮かび、緊張に身を強張らせた伊月をじっと見つめて、女王が問いかけてくる。

「その様子なら、気づいておるのじゃろう？　ルイが本心から、そなたを殺そうとしたわけではないと」

「気づいていたんですか？」

彼女もルイの本心に気づいていたのかと驚いた伊月に、女王が肩をすくめて言う。

「ああ。と言っても、そなたを現世に帰してからじゃがの。あやつめ、儂がすんなり冥府の王の務めを代行できるよう、あれこれ手回ししておった。どうもおかしいと思うて、ようやくあやつの本心に気づいたのじゃ」

「……っ、あの、ルイはどうして、あんなことを？」

彼女が現世に現れた目的はひとまず置いておいて、なによりも知りたいその疑問をぶつけた伊月に、女王はため息混じりに唸った。

「どうもこうも、あやつの行動原理はすべてそなたじゃ、伊月。あれだってそなたのために決まっておろう」

「……オレのため？」

何故、殺す振りをするのが自分のためになるのか。意味が分からないと困惑する伊月に、女王は呆れた様子で告げた。

「そなたの力は、ルイよりよほど強い。たとえ現世に帰したところで、ルイはそなたの記憶を封じられなかっただろう。だから、あやつは儂を呼んだのじゃ。伊月、そなたを現世に帰し、再び記憶を封じるために」

「……っ」

「まあ結局、儂の力をもってしても、そなたの記憶を封じることは叶《かな》わなかったわけだがの。なにせそなたは、冥府の王にふさわしき力の持ち主。加えて今回は、ルイとの記憶を失いたくないという強い気持ちも働いたようじゃの」

愛の力とは厄介じゃのう、と女王がぼやく。

予想もしていなかった真相に、伊月は言葉を失ってしまった。

(ルイはオレの記憶を封じるために、女王を呼んだ。……自分が地獄に落ちてでも、あいつはオレの記憶を封じたかった)

思いが通じ合った時、ルイが言っていた言葉が脳裏に甦る。

あの時彼は、伊月の気持ちが嬉しいと言った一方で、忘れてほしいと思わずにはいられないと言っていた。

忘れられるのが怖いのに、嫌で嫌で仕方ないのに、伊月の記憶から自分を消し去りたい。

伊月を苦しませる自分が、憎くてたまらない、と――。

「……あやつは、臆病なのじゃ」

黙り込んだ伊月に、女王が告げる。

「十年前も、そうじゃった。あやつはの、そなたに忘れられるのが怖くて、それならいっそ自分の存在をなかったことにすればいいと思うたのじゃ。初めからなかったことなら、忘れはせぬからの」

「……っ、そんなの、屁理屈《へりくつ》じゃないですか……！」

呻いた伊月に、女王が苦笑して言う。

「左様。屁理屈も屁理屈じゃ。……じゃが、あの時も今回も、自分のためにばかりそうしたのではあるまい。想いを抱えたまま生きる辛《つら》さは、あやつが一番よく分かっている。そなたに同じ苦しみを味わわせたくなかったのじゃろう」

「……だとしても、勝手すぎます。オレの苦しみは、オレのものなんだから」

一番腹が立つのは、ルイが十年前となにも変わっていないことだ。彼は、また同じことを繰り返しているのだ。

「あいつ、なにも分かってない……！」

ぐっと拳を握りしめて呻く伊月に、女王が苦笑混じりに呟く。

「……青いのう。これだから、年下の男は儂の好みではないのじゃ」

言葉とは裏腹に優しい眼差《まなざ》しをした女王が、おもむろに立ち上がる。扇子をパチリと閉じた彼女は、表情を改め、伊月を見据えて問いかけてきた。

「さて、伊月。先ほどそなたは儂に、なにをしに来たと問うたな。儂はの、務めを果たしに来たのじゃ。迷える仔羊《こひつじ》を救うという、大事な務めをな」

「仔羊？」

唐突な暗喩《あんゆ》に戸惑った伊月に、そうじゃと頷いて、女王は楽しげに笑って言った。

「冥府の王の職務を代行しているとはいえ、儂は本来、愛と美の女神じゃからのう。愛に迷うた仔羊たちを捨て置くわけにはゆかぬのじゃ」

「……あの、もしかしてそれって……」

まさか仔羊とは、自分たちのことか。唖然《あぜん》とする伊月をよそに、女王はわざとらしくフウとため息をついてみせる。

「だというのに頑固者の弟子は、儂が罪を許すと言うても地獄から戻ってこようとはせぬ。伊月がどうなったか確かめたくはないのかと唆《そその》したが、無駄じゃった。そんなにも罰を受けたいのなら、いっそ放っておこうかとも思うたが……、問題はそなたじゃ。心優しい女神の儂としては、なんの咎もないそなたが苦しんでいるのは、とても見ておれぬ」

「………」

「なんじゃその目は」

なんぞ文句でもあるのかと軽く睨まれて、伊月はいいえと首を横に振った。余計なことは言わないに限る。

神妙な顔つきの伊月にフンと鼻を鳴らして、女王が言う。

「あの頑固者を説得できるのは、そなただけじゃろう。そなたさえその気があるのなら、地獄に送り込んでやるが……」

「っ、お願いします！」

願ってもない申し出に、伊月はすぐさま女王に詰め寄った。

「オレはあいつに、ルイに会いたいんです！　お願いします、会わせて下さい……！」

すべての真相が分かり、そして女王もルイを許すと言っている今、ルイを地獄から連れ戻さなければならない。

（なに勝手なことしてるんだって、一言……、いや、滅茶苦茶文句言ってやらないと、気が済まない……！）

勢い込む伊月だが、女王は、近い、と眉をひそめると一歩下がって言う。

「まあ待て。あやつは今、地獄におる。生者であるそなたにとって、地獄は危険極まりない場所じゃ。地は焼けるように熱く、そこかしこに底なしの毒沼や針の山があるじゃろう。それだけではない。生者だというだけで亡者たちに狙《ねら》われ、襲いかかられるはずじゃ」

「……それでも、オレは行きます」

女王の言葉に一瞬怯みつつも、伊月はきっぱりと言い切った。

「そんなところにルイがいるなら、余計にすぐ行かないと。ルイに地獄に落とされたことを恨んでいる連中だっているんでしょう？　なら、早く連れ戻さないと……！」

ルイが地獄に落とされて、もう一週間も経ってしまっている。彼が今どんな目に遭っているか、考えるだけで居ても立ってもいられない。

伊月は女王に向かって深く頭を下げ、必死に頼み込んだ。

「お願いします……！　オレを地獄に、ルイのところに行かせて下さい……！」

ぐっと拳を握りしめ、お願いします、と繰り返す。

ややあって、女王がやわらかな声で言った。

「顔を上げよ、伊月。言ったじゃろう。儂は務めを果たしに来たと」

「っ、それじゃ……！」

パッと顔を上げた伊月に、女王が頷く。

「じゃが、一人で行かせるわけにはゆかぬ」

そう言うなり、女王はバッと扇子を開き——。

「伊月の供をせい、ケルベロス！」

命じるなり、彼女の傍らの空間が揺らぎ、そこに大きな黒い影が現れる。

影はやがて三つの頭を持つ、巨大な犬の姿となった。

「……っ、紅、浅葱《あさぎ》、山吹《やまぶき》……！」

「お久しぶりです、伊月様」

「……元気そうでなによりだ」

「伊月様だぁ！」

伊月の身長を優に越す体高の巨大な犬、しかも頭が三つもある異様な姿に驚いたが、これが本来の彼らの姿なのだろう。

ケルベロスに駆け寄り、ぎゅっと抱きついた伊月を見やって、女王が言う。

「よいか、伊月。いくらケルベロスがいても、地獄はお前にとって危険極まりない場所じゃ。ゆめゆめ気を抜くな」

「……はい」

頷いた伊月を、紅が促す。

「伊月様、我らの背へ」

体を傾け、上りやすいようにしてくれたケルベロスにお礼を言って、伊月はその背にしがみついた。

頼んだぞ、とケルベロスの肩の辺りをぽんぽんと叩いた女王が、伊月に言う。

「儂の不肖の弟子を、よろしく頼む」

「はい……！」

うむ、と頷き返した女王は、最後に快活な笑みを浮かべて言った。

「では送るぞ！　伊月、そなたと現世で過ごす時間、悪くはなかった！」

「……っ、オレもです！　ありがとう、麻耶さん！」

ゆら、と女王の姿が揺らぎ、続いて周囲の景色も歪み出す。

瞬きをした次の瞬間、伊月は灼熱《しゃくねつ》の焦土のただ中にいた。

辺りは一面深紅に染まっており、建物らしきものはすべて炎に包まれている。一帯には焦げ臭い臭いが充満しており、人間の悲鳴や呻き、苦悶の声が絶えず渦巻いていた。

揺らめく黒い靄《もや》たちが、こちらに気づいた様子でのろのろと近寄ってくる。

「……っ」

「行きますよ、伊月様。しっかり摑まっていて下さい……！」

声をかけてきた紅に頷き、伊月は彼らの背にぎゅっとしがみつく。

「うん……！　行こう！」

集まってくる黒い靄たちを振り切るようにして、ケルベロスが駆け出す。

その背で目を眇めながら、伊月はルイの名を叫ぶため、大きく息を吸い込んだ——。

◆

凄《すさ》まじい勢いで飛んできた黒い靄《もや》が、バンッとこめかみに衝突する。

灼《や》けるような熱風が渦巻く中、胸に深々と短剣が突き刺さったまま、鋭い棘《とげ》がびっしりと生えた蔓《つる》に手足を搦《から》め捕られたルイは、ぐらりと眩《くら》む視界に呻《うめ》き声を上げた。

「ぐ、う……っ」

『ヨクモ……ッ、ヨクモ、オレヲ地獄ニオトシヤガッテ……ッ』

恨み言をまき散らしながら、悪霊たちが次々に体当たりしてくる。

ヒュンッと風を切る音に眉をきつく寄せて、ルイは悪霊たちを睨《にら》み続けた。

——ルイが地獄に落とされて、数日が経《た》った。

冥府にいた時は比類ない力を持っていたルイだが、女王に力を封じられた今はろくな抵抗もできず、昼も夜もなく悪霊たちに嬲《なぶ》られ続けている。

血の滲《にじ》む黒衣はところどころが破け、体中痣《あざ》だらけで、とても王とは思えない有様だった。

（今は、何日目なんだ……？）

常に赤々と地が燃え続けている地獄では日にちの感覚もあやふやな上、疲労と苦痛で意識も朦朧《もうろう》としつつある。

突き刺さった短剣は心臓を深く抉《えぐ》っており、冥府の王であるルイはこの程度では消滅はしないものの、絶えず鮮烈な痛みに襲われ続けていた。

（睡眠も食事も必要としないのに、痛みや苦しみはあるなんてな……）

ふ、と皮肉気に笑ったルイだったが、それに気づいた周囲の悪霊たちは、どうやら自分たちに向けられた嘲笑《ちょうしょう》だと思ったらしい。

『ナニヲ笑ッテイル……！』

『オマエノセイデ、オレタチハコンナ所デ苦シンデイルノニ……！』

激昂《げきこう》した悪霊たちが、獣のような奇声を上げて襲いかかってくる。

バンッバンッと続けざまに顔や肩を強打されながらも、ルイは鋭く目を眇《すが》めて唸《うな》った。

「……ッ、お前たちは、償うべき罪があるから地獄に落とされたんだ……！　己の罪にきちんと向き合え……！」

『コレハ笑止！』

しかし悪霊たちは、ルイの周りを飛び交いながら嘲笑する。

『冥府ノ王デアリナガラ、地獄ニ落トサレタオ前ガナニヲ言ウ！』

『オ前コソ、己ノ罪ニ向キ合ウベキダロウ！』

『償エ！　償エ！』

或《ある》いは笑い、或いは怒りながら、悪霊たちが次々にルイにぶつかってくる。重い痛みに呻きながら、ルイは胸に突き刺さったままの短剣よりも、手足を傷つける棘よりも鋭く心を抉る悪霊たちの言葉にうなだれた。

（……彼らの、言う通りだ）

ルイの方こそ罪に向き合うべきだという彼らの言葉は、正しい。

（俺は冥府の王として、してはならないことをした）

自分の罪は、生者に刃を向けたことではない。課せられた役目を知りながら、それを投げ出してでも己の望みを叶《かな》えようとしたことだ。

自分が背負うと決めた役目を放り出して、伊月《いつき》の記憶を封じようとした、そのことが罪なのだ——。

（……だが、後悔はない）

縛《いまし》められた拳《こぶし》をぐっと固く握りしめて、ルイは唇を噛《か》んだ。

短剣が突き刺さったままの胸元からは、絶えず血が流れ続けている。棘で傷ついた腕や足もそれは同じで、癒《い》える間は寸分たりとも与えられていなかった。

ひと時も休むことなく襲い来るこの苦痛がまだ始まったばかりで、この先百年も続くのだと思うと、正気を失いそうになる。

それでも、己のしたことを悔いてはいなかった。

――今度こそ、自分は彼の記憶から消えたはずだ。

これで、伊月が自分を忘れることはなくなった。

なにより、伊月さえ無事なら、……幸せなら、自分はどうなっても構わない。

彼が自分以外の誰かと人生を共にするなど考えたくもないけれど、それでも記憶を引きずって苦しみ続けるよりはずっといい。

彼の苦しみを自分が肩代わりしていると思えば、いくらでも苦痛に耐えられる――。

（あの人は随分思わせぶりなことを言っていたけど……、あんな言葉に惑わされるわけにはいかない）

少し前、師でもある前女王が来た時のことを思い出す。

すぐに気づかれてしまうだろうとは思っていたが、彼女が自分の罪を許すと言い出したのは予想外だった。しかも、伊月が本当にルイのことを忘れたか知りたければ冥府に戻ってこいなんて、随分とお優しい申し出だ。

けれど、彼女の厚意に甘えるわけにはいかない。そもそも自分は、死ぬはずだった伊月を見過ごすことができず、禁を犯して救ってしまっている。

（……罪は、償わなければならない）

これまで幾百、幾千の魂にそう言って、地獄へと送り込んできたのだ。

自分だけが許されるわけにはいかない。

自分の記憶を失い、幸せになる伊月を見届けられないのも、自分が受けるべき罰だ——。

(……これで、よかったんだ)

ふっと目を細め、満ち足りた笑みを浮かべたルイだったが、その時、一際禍々《まがまが》しい気を纏《まと》った悪霊が、ルイの心臓に突き刺さった短剣の柄《つか》に纏わりついて、ニタリと嗤《わら》う。

『考エ事トハ随分余裕ダナ、冥府ノ王ヨ……!』

「ッ、うあぁあッ!」

ぐりっと、短剣の柄をより深く押し込まれて、ルイは絶叫した。

「く……っ、う、ぐ……っ」

額に脂汗を浮かべて苦悶《くもん》するルイに、悪霊がケタケタと嗤い声を上げる。

『オレタチノ苦痛ハコンナモノジャナイ……! モットダ! モット苦シメ……!』

「……ッ!」

勢いよく身を引いた悪霊が、短剣に体当たりしようとした、——その時。

「やめろ……!」

「……っ⁉」

耳に飛び込んできた声に、ルイは驚いて顔を上げ、言葉を失った。

「な……」

炎の吹き出す灼熱《しゃくねつ》の焦土に、真っ黒な巨大な獣に跨《また》がった彼が——、伊月が、いたのだ。

「い……、つき……？」

まさかそんな、あり得ないと目を剝《む》くルイをよそに、伊月が悪霊たちを睨み据《す》えて命じる。

「……ルイから離れろ」

だが悪霊たちは、伊月に気づくなりざわめき出す。

『生者ダ……』

『間違イナイ、生キテイルゾ……』

伊月を取り囲むようにじりじりと蠢《うごめ》き出した悪霊たちに、ルイはハッと我に返って叫んだ。

「だ……、駄目だ、伊月！　逃げろ！」

こんな数の悪霊共に一斉に襲われたら、生者の彼はひとたまりもない。一瞬で命を奪われてしまう——。

『ヨコセ……！』

『ソノ体、ヨコセ……ッ！』

「伊月！　く……っ！」

獣のような声を上げた悪霊たちが、あっという間に伊月へと群がる。

慌てて助けに向かおうとしたルイだが、雁字搦《がんじがら》めになった蔓に四肢を拘束され、身動きもままならない。

「伊月！　逃げろ、伊月！」

「…………」

ルイの必死の叫びをよそに、伊月は自分に向かって飛んでくる悪霊たちを睨んだまま微動だにしない。

恐怖で動けないのか、とにかく悪霊たちをとめなくてはと、ルイは肌を裂く棘に構わず無我夢中で暴れた。

「この……っ、ぐ……！」

だが、そうしている間にも悪霊たちが伊月の眼前に迫る。

「……っ、伊月……！」

焦熱地獄にルイの悲痛な叫びが響き渡った、その瞬間。

「鎮まれ……！」

ケルベロスの背の上でカッと目を見開いた伊月が、亡者たちを一喝する。次の刹那《せつな》、ドッとその場の空気が大きく揺れ、強烈な波動を喰《く》らった悪霊たちが一瞬で動きをとめた。

「な……」

ふわ、とまるで海月《くらげ》のように宙に浮き、おとなしくなった悪霊たちを見て、ルイは呆気《あっけ》に取られてしまう。

（今のは、まさか伊月が……？）

信じ難い光景だが、そうとしか考えられない。

確かに伊月は自分より遥《はる》かに強い鎮魂の力を持っているが、まさかここまでとは思っていなかった。

あれは紛れもなく、冥府の王の力だ――。

「ルイ！」

悪霊たちを圧倒した伊月が、ケルベロスの背から飛び降りてこちらに駆けてくる。

灼熱の地面で、あっという間に靴が焦げたのだろう。ぐっと眉を寄せ、小さく呻いた伊月を見て、ルイは焦って身を捩《よじ》った。

「な……っ、戻れ、伊月！　そのままじゃ、足が……！」

「っ、お前こそ動くな！」

もがけばもがくほど絡まる蔓に手足を切り裂かれ、新たに血を流すルイに、伊月が声を荒らげる。

「待ってろ！　今、助けるから……！」

「っ、俺のことは放っておけ！」

苦痛に顔を歪《ゆが》めながらも、がむしゃらにこちらに向かって駆けて来る伊月の姿に、ルイは胸が潰《つぶ》れそうになりながら叫んだ。

こんな、こんな自分を助けるなんて、そんなことはしなくていい。

お前が俺のために傷を負うなんて、そんなことがあってはいけない――。

「っ、ケルベロス！　伊月を今すぐ現世に連れ戻せ……！」

もはや体裁を取り繕う余裕もなく、ルイは髪を振り乱して必死にケルベロスに命じた。しかし、あらかじめ伊月に言われているのか、ケルベロスは伊月を心配そうに見守るだけで、主人の命令に従う気配がない。

（くそ……！）

己の分身とも言える彼らをきつく睨んで、ルイは再び伊月に向かって叫んだ。

「……っ、伊月、頼む……！　頼むから、戻ってくれ……！」

ぐちゃぐちゃに歪んだ声で懇願するルイに、しかし伊月は応えることなく真《ま》っ直《す》ぐ駆け寄ってきた。

すぐに短剣の柄に手をかけ、抜こうとする。だが、いくら引き抜こうとしても、深く突き刺さった短剣はびくともしない。

「っ、なんで抜けないんだ、これ……！」

唸った伊月が、焦《じ》れた様子で短剣から手を放し、ルイに絡まった蔓を解《ほど》き始める。

あっという間に傷だらけになり、血が滲み始めた伊月の手を見て、ルイは低く唸った。

「やめろ、伊月……！　お前がこんなことをする必要はない……！」

「……っ、もう、少し……！」

「伊月！」

こちらの言葉に耳を貸さず、がむしゃらに蔓を取り除こうとする伊月に、ルイはぐしゃりと顔を歪めた。

ケルベロスと一緒ということは、おそらく伊月は女王の助けを借りてここに来たのだろう。

——伊月は、忘れなかったのだ。

冥府でのことを。

ルイと、類《るい》のことを。

「伊月……、頼むから、もうやめてくれ」

「…………」

「もう……、もうこれ以上、俺のせいで傷つかないでくれ……」

自分が情けなくて、目頭が熱くなる。

いつも、こうだ。いつも自分は、彼に助けられてばかりいる。

傷つけたくなかったのに、幸せになってほしかったのに、彼を一番傷つけているのは、彼の幸せを阻んでいるのは、いつも自分だ——。

「っ、解けた！　……っと」

蔓を引きちぎった伊月が、倒れ込むルイを抱き留める。体力が尽きかけていたルイは、そのまま伊月にしがみつくようにして、ずるずると地面に膝を着いた。

慌てて屈《かが》んだ伊月が、ルイの顔を覗《のぞ》き込んで言う。

「ルイ、大丈夫か？　今、胸の短剣を……」

「……どうして、来たんだ」

伊月を遮って、ルイは声を振り絞った。

ルイ、と目を見開く伊月の肩を、抱きしめたくてたまらないその肩を、必死の思いでトンと押して、身を離す。

「ここは、お前のいるべき場所じゃない……！」

ほんの一ヶ月前、再会した時にそうしたように、想《おも》いを、言葉をすべて呑《の》み込んで、ルイは懸命に伊月を拒絶した。

「頼むから、俺のことはもう、忘れてくれ。もう、俺に関わらないでくれ……！」

望みとは正反対の言葉を紡ぐ声は、みっともなく涙に歪み、かすれ、震えていた。

それでもどうにか最後まで言い切ったルイに、伊月が唸る。

「……逃げるなよ」

低い声で言うなり、伊月はルイの胸ぐらを摑《つか》んできた。

顔を上げさせられたルイは、きつく目を眇める伊月から目を逸《そ》らすこともできず、唇を引き結ぶ。

息をとめていなければ、感情が決壊してしまいそうだった。

自分が情けなくて、腹立たしくて、嫌で嫌で仕方ない。

だって、あれほど伊月のためだとか、自分はどうなろうが構わないなどと綺麗事《きれいごと》を並べ立てていたというのに――、嬉《うれ》しくてたまらないのだ。

伊月がここまで自分を助けに来てくれたことが。

伊月が、自分のことを覚えていてくれたことが――。

「オレから逃げるな、ルイ」

ぐっと眉を寄せた伊月が、ルイを睨んで言う。

「お前は、オレのことを信じてない。だから、十年前と同じことを繰り返すんだ。オレがいつかお前のこと忘れると思ってるのも、だから自分の存在自体をなかったことにしようなんて屁《へ》理屈《りくつ》こねるのも全部、お前がオレのことを信じていないからだ」

「……っ、ち、がう。違う……！」

図星を指されて、ルイは懸命にそれを否定した。

自分でも、どこかで分かっていた。十年前も、今もこんなことをしたのは、結局自分の心が臆病だからだ。

認めたくなかった、知られたくなかった事実を突きつけられ、ルイは弱々しく頭を振った。

だが伊月は、容赦なく続ける。

「いいや、違わない。オレがどれだけ好きだって、愛してるって言っても、お前はそれを信じない。ううん、信じられないんだ。今までずっと、一人だったから」

誰からも愛されず、誰からも必要とされない幼少期の自分まで引きずり出されて、ルイはたまらず呻いた。

「やめて、くれ……」

「やめない。お前がちゃんとオレに向き合うまで、オレはお前を諦《あきら》めない」

強い声で言い切った伊月が、ルイの胸元の短剣に手をかける。ぐっと強く柄を握って、彼はじっとこちらを見据えて言った。

「お前がオレのこと信じないとか腹が立つけど、すっごく腹が立つけど、でも、信じろって言われて簡単に信じられるものじゃないことは分かる。それでもオレは、お前に信じてほしい。だってオレは、お前のことが好きだから」

「……伊月」

「オレから逃げるなよ、ルイ」

強く、真っ直ぐルイを見つめて、伊月が再度ルイに言う。

「信じられなくても、向き合え。逃げるな。オレのこと好きなら、ちゃんと約束しろ」

「……約、束」

伊月の口から零《こぼ》れた言葉に、ルイはハッとして目を見開いた。

かつて大嫌いだった、でも、彼だけが守ってくれた、約束。

自分が唯一、彼としたそれだけは信じてきた、——約束。

茫然《ぼうぜん》とするルイを見つめて、伊月が言う。

「オレも、約束する。オレはお前がなにをしようが、二度とお前のことを忘れない。お前がどんな姿でも、どこにいても、ずっと好きでいる」

「……っ、ずっと……」

諦めていた、焦がれ続けた、時に憎らしいとまで思い、何故《なぜ》自分はそれを手にできないのかと葛藤《かっとう》し続けた、確かな約束を差し出されて、ルイの目に涙が溢《あふ》れる。

瞬きする間もなく零れ落ちていくそれを、伸ばした指先でぐいっと拭《ぬぐ》って、伊月が頷《うなず》いた。

「ああ、ずっとだ。だから、お前も約束してくれ。オレと向き合うって。オレから逃げないって。他の誰のことも信じなくてもいいから、オレがお前の全部、背負ってやるから。だから、オレのことを好きなら、ちゃんとオレと向き合え……！」

言葉と共に、深く突き刺さっていた短剣が、ゆっくりと引き抜かれる。

溢れる鮮血にきゅっと唇を引き結んで、伊月がそこに素早く手を翳《かざ》した。途端、傷口がみるみるうちに塞《ふさ》がっていく。

ハ……、と息をついたルイは、トク、トク、と生者とは違うリズムで脈打つ心臓の痛みが消えていくのを感じながら、小さく頷いた。

「……向き、合う。もう二度と、お前から、……俺から、逃げない」

これまで口にした他のどんな言葉より重い、苦しい言葉を、やっとの思いで絞り出す。

肩を震わせ、固く拳を握りしめながら懸命に声を紡いだルイに、伊月は微笑《ほほえ》んでくれた。

「ああ。……約束な」

こつんと額をくっつけた伊月が、小指を差し出してくる。

その指が、——救いが、なによりも嬉しくて、怖くて、ありがたくて。

(……伊月は絶対に、俺を見捨てない。俺が向き合えるのは、……信じられるのは、きっと伊月だけだ)

緊張に冷たくなった指を、幼い頃にした時よりもずっとぎこちなく絡めて、ルイはハア、と息をついた。

あれほど抜けなかった短剣がこうして抜けたのは、伊月が自分の心を動かしてくれたからだろう。

あの短剣は、ルイの罪の意識そのものだったのだから。

「……悪かった」

自分は彼に、謝らなければならないことがたくさんある。

十年前のこと、数々の嘘《うそ》や隠し事、結局こうして彼に助け出されたこと——。

一体どれから謝れば、と目を伏せたルイに、伊月が笑う。

「もういいよ。……オレも、ごめんな。お前をここまで追いつめてたのに、気がつかなくて」

「伊月はなにも悪くないだろう。俺が全部……、っ」

言葉の途中で唇を奪われて、ルイは息を呑む。瞬きを繰り返すルイに、伊月が悪戯《いたずら》っぽく笑って言った。

「ごめんはもうナシ。オレ、もっと他に聞きたいのがあるんだけど」

「他に……？」

一瞬当惑したルイはしかし、伊月の少し照れたような微笑みを見て思い当たり、小さく笑みを零した。

そっと身を寄せ、その唇を啄《ついば》んで、囁《ささや》く。

「……愛している」

「そうそう、それそれ」

笑った伊月が、オレもだよ、とキスを返してくれる。

同じ想いを重ねて、ルイは自分にとっての唯一で、すべてであるただ一つの命を強く、強く抱きしめた――。

ぼんやりと目を開けると、そこには無数の星が輝く夜空があった。

紫がかった黒いその夜空を見つめて、伊月は小さく苦笑を零す。

「……いや、近いって、ルイ」

ベッドに寝転んだまま、見すぎ、とくすくす笑うと、一度ゆっくりと瞬きをしたルイが少し顔を傾けて伊月の唇を啄む。

「見ていたかったんだ、少しでも長く」

「……バカだな。これからだって、いつでも見てられるだろ」

言外に、離れても見ていていいよと許可したのが伝わったのだろう。ん……、とルイが嬉しそうに微笑む。

こいつは本当にもう、と笑ってしまいながら、伊月は目を閉じて幾度も繰り返されるキスに応えた。

地獄から戻ったルイは、女王に頭を下げ、冥府の王に戻る許しをもらった。

『そも、儂《わし》は神として見過ごすわけにゆかぬ故、罰を与えたまでのこと』

火傷《やけど》を負った伊月の足に手を翳し、治療を施した女王は、ついでじゃと満身創痍《そうい》のルイの怪我《けが》を治して言った。

『もしも、仮に、ないとは思うが例えばじゃ、あれはただの恋人同士の痴話喧嘩《ちわげんか》だとそなたらが言うのなら、儂が口を出すまでもなかった、ということになるかの』

『……痴話喧嘩です』

さあ言えそら言えとばかりに促されて、苦笑しながら用意してくれた言い訳を口にした伊月に、女王はウムと満足気に頷いて言った。

『ならば、儂はいらぬ世話を焼いてしまったということになるの。許せよ、ルイ』

『……ですが、俺は他にも罪を犯しています』

真面目な頑固者が、融通のきかないことを言い出す。

『俺はあの落盤事故を、悪霊の仕業と偽って……』

『あーあーあー！　なんじゃ、急に耳が遠くなってなにも聞こえんのう！』

大声でルイを遮った女王が、年のせいかのう！　と都合のいいことをのたまう。複雑そうな顔で、ルイが呟《つぶや》いた。

『俺が少しでも年寄り扱いしたら激怒するくせに……』

『ん？　なんじゃ、ルイ？』

『……なんでもないです』

憮然《ぶぜん》として答えたルイに、ならばよしと鼻を鳴らして、女王が言う。

『あれは、悪霊の仕業じゃ。そうでないと言うのならば、その証拠を持って参れ』

悪魔の証明を平然と要求して、愛と美の女神はにっこり笑って言った。

『儂の務めは、この世を愛で満たすことじゃからの。想い合う二人が幸せになるのなら、細かいことには目を瞑《つむ》ろうというものじゃ』

ではな、と女王が姿を消したのが半日前。疲れ果てた伊月は、ルイと一緒に彼のベッドで眠り込んでしまったのだが、どうやらその間にすっかり夜が更けてしまったらしい。

「紅《くれない》たちは……？」

「ああ、まだ寝ている。よほど疲れたようだな。……後でちゃんと、礼を言わないと」

長い指で伊月の髪を梳《す》きながら言うルイに、伊月も頷いた。

ケルベロスたちは、地獄から冥府に戻る時もルイと伊月を背に乗せ、群がる悪霊たちを蹴散《けち》らして焦土を駆け抜けてくれた。

彼らがいてくれなければ、到底ルイの元には辿《たど》り着けなかったし、無事に帰ってくることもできなかっただろう。

(オレもルイも、皆に背中を押してもらってここにいるんだよな……)

改めて感謝の念を抱きつつ、伊月はルイに告げる。

「ルイ、オレ、現世に戻ってももう、あの円墳は探さないよ」

現世と冥府を繋《つな》ぐ、境界線。そこにはもう近づかないと言った伊月に、ルイが目を伏せる。

「……ああ」

「だから、次に会えるのはずっと先になると思う」

伊月の一言に、ルイが伏せていた目を大きく見開く。

「……伊月」

「早く会いたいけど、でもお前がまたうっかりオレを助けたりしたら困るし、それにオレ、なるべく長生きしたいんだ」

両親や、あの災害で亡くなった人たちの分も、ちゃんと生きたい。ルイが助けてくれた命を、精一杯全うしたい。

「だから、しばらく待たせることになると思うけど……、でも、全部終わったら真っ先にここに、お前のところに来るから」

約束な、と笑って、伊月はこつんと額をくっつけると、ルイの手をぎゅっと握りしめた。

「だから、待っててくれ。オレも、お前が見守ってくれてると思って、頑張るから」

いくら伊月の力がルイより強いと言っても、伊月は冥府からの帰り方を知らない。ルイが帰してくれなければ、自分は現世に戻ることはできない。

けれどルイは、ちゃんと自分を現世に帰してくれるし、自分が命を全うするまでここで待っていてくれる。

彼はもう自分から、彼自身から、逃げない。

そう確信して言った伊月に、ルイが頷く。

「……分かった。でも、今度浮気したら、すぐ冥府にさらうからな」

「ふは、あれはノーカンだって」

どうやらルイは麻耶《まや》の正体に気づいていなかったらしく、女王から子細を明かされた時はものすごく嫌そうな顔をしていた。

女王は女王で、その顔が見たかったといたくご満悦だったから、間に挟まれた伊月は苦笑する他なかったのだ。

(仲がいいんだか悪いんだか……)

二人に聞いたら即座に正反対の答えが返ってきそうなことを思いつつ、伊月は覆い被《かぶ》さってきたルイのキスに応える。

「ん……、ルイ、体は……?」

「もうなんともない。お前は?」

「オレも大丈……、んん……っ」

言葉尻をくちづけで吸い取られ、軽く開いていた唇を舌で割り開かれる。

随分長い間伊月を見ていたのか、寝起きの伊月の体温が高いせいか、忍び込んでくる舌はいつにも増してひんやりしていた。

以前は寂寥感《せきりょうかん》の強かったその温度も、今は紛れもなくルイとキスしている証《あかし》のようで、嬉しくなる。

どんなことがあろうが、どんな姿になろうが、自分は彼のことが好きだ――。

「ルイ……、ん、ルイ……っ、オレ、またすぐ現世に帰らなきゃいけないから……っ」

「……伊月」

「だから、それまでいっぱい……っ、いっぱい、しよう……？」

くちづけだけでもう反応しかけているそこを、服越しにルイに擦《こす》りつける。固い腿《もも》の感触が気持ちよくて、瞬く間に集まった熱に息を弾ませながら、首筋にしがみついて腰をくねらせる伊月に、ルイが低く呻いた。

「一人で現世に帰すのが心配になるんだが……」

「んん……？　なに……？」

「……なんでもない」

よく聞こえなかったと聞き返した伊月に唸って、ルイが伊月の服を脱がせる。

オレも、とルイの服を脱がせて、伊月は隔てるもののなくなった体をぴったりとルイにくっつけた。

「ん……、なんかもう、これだけで気持ちいいな」

「ああ、俺もだ」

くす、と小さく笑ったルイが、鼻を擦り合わせるようにしてくちづけてくる。舌先を軽く吸われながらゆるゆると体のラインを撫《な》でられて、伊月はハ……、と息を乱しながら言った。

「ルイ、オレも……、オレも、お前に触りたい」

一方的に与えられるのではなく、自分もルイを愛したいし、感じさせたい。ちゃんと覚えていたいし、覚えていてほしい。

そう訴えた伊月に、ルイが頷く。

「……ん、これでいいか？」

「うん、……ふは、カッコいい体」

向かい合って横向きに寝転び、伊月もルイの肌に触れる。

均整のとれた筋肉質な体は、自分より厚みがあって男らしい。羨《うらや》ましく思いながら、伊月はルイの下腹に手を伸ばした。

自分に反応して兆し始めているそこが嬉しくて、両手で包み込んで扱《しご》き立てると、途端にルイの唇から濡《ぬ》れた息が漏《も》れる。

「は……、伊月、俺も……」

触りたい、とほとんど吐息だけで囁いたルイが、ぐいっと伊月の腰を抱き寄せる。もうとっくに潤んでいた先端を指先でくちくちと弄《いじ》られ、張りつめた茎を大きな手でさすられて、伊月は過敏に身を震わせた。

「んんっ、ルイ……っ」

彼の愛撫《あいぶ》にすっかり慣れた体が、もっともっととねだるように動いてしまう。火の灯《とも》った熱芯をなだめるように扱きながら、ルイは伊月の舌を甘く喰《は》んだ。

「ん……、伊月……、好きだ、伊月」

「ん、ふ……っ、オレ、も……っ、んん……！」

ぬるぬると舌先を強く擦り合わせながら互いの砲身を擦り合う内、だんだん相手を感じさせているのか、自分の快楽を追いかけているのか分からなくなっていく。

気持ちがよくて、でもルイも同じ快感に溺れているに違いなくて、もっともっと感じさせたくて、感じたくて。

「は、あ……っ、んんっ、ルイ……、っ」

蜜でぬるつく指先が、つうっと伊月の薄い腹を撫で上げる。行き着く先を期待して疼《うず》く乳首を、望み通り優しく押し潰されて、伊月は濡れた声を漏らした。

「ふ、あ……っ、あぁあ……っ」

「ん……、ここ、好きだな、お前」

かわい、と小さく呟いたルイが、ぬめる指先でそこをくりくりと転がしながら、伊月の唇を啄む。

溜《た》まった蜜をちゅるりと啜《すす》り上げられながら尖《とが》った胸の先を引っ張られ、とろとろと蜜を溢れさせる割れ目をぐりぐりと苛《いじ》められて、伊月はその甘すぎる快楽に翻弄《ほんろう》されながらも、懸命に手の中の熱を扱き立てた。

「んっ、んんっ、は……っ、ん、ん、ん！」

そそり立つ雄茎はびくびくと脈打ち、腹につきそうなほど反り返っていて、こちらが愛撫しているはずなのに、まるで犯されているかのような錯覚を覚える。

包み込んだ手をぐいぐいとこじ開けようとする太竿《ふとざお》に、もう何度もその大きさを、熱を味わっている体の奥がじゅわりと甘く蕩《とろ》けて疼いて、伊月はこくりと喉を鳴らした。

早く、早くこれが、欲しい。

彼の全部が、欲しい――……。

「伊月……、ん、こっちも、触っていいか？」

伊月の唇を啄みながら、ルイがするりと双丘を撫でる。

伊月は夢中で頷きながら、膝を立てて足を開いた。

「う、ん……っ、ん……っ、早く……っ」

「ん、待ってろ」

ふ、と笑みを落としたルイが、身を起こしてベッドサイドに手を伸ばす。

ジェルと一緒にスキンを取り出そうとするその手を、伊月は思わず押しとどめていた。

「伊月？」

「……それ、要らない。……オレは」

ぼそっと告げた伊月に、ルイが大きく目を瞠《みは》る。さすがに恥ずかしくなって、伊月はうろうろと視線を泳がせた。

「で……、でも、お前が嫌なら、別に……」

「嫌じゃない」

間髪容《い》れずに言ったルイが、ぎゅっと伊月を抱きしめて矢継ぎ早に聞いてくる。

「いいのか？　いいんだよな？　今、要らないって言ったよな？」

「言ったけど……。なんだよお前、必死かよ」

どうやらすごく喜んでいる様子に、苦笑が込み上げてくる。そんなにか、とくすくす笑う伊月に、ルイが唸る。

「必死にもなる。好きな相手が、中出ししてっておねだりしてくれたんだぞ」

「中……っ、そうは言ってないだろ！」

恥ずかしい言い方をするなと、カーッと顔を赤くした伊月に、ルイが大真面目に言う。

「大体同じ意味だろ」

「……違うし」

ぷい、と照れ隠しで横を向いた伊月に、ルイが笑みを滲ませた声で聞いてくる。

「違うのか？」

「ちが……、あっ、んんん……っ」

ぬる、とジェルをたっぷり纏った指で開いた足の奥を探られて、伊月はぴくんと過敏に体を揺らした。ん、んん、と声を詰める伊月をじっと見つめながら、ルイがまだ閉じている花弁をぬるぬると撫でて問いかけてくる。

「じゃあ、駄目か？」

「……っ、お、まえ……っ、ずる……っ」

「必死だからな」

ふっと目を細めてそんなことを言うルイは、どう見ても言葉通りには見えない。

伊月は悔しさに目を眇めつつ、抗《あらが》いきれない疼きにひくひくと震え始めたそこをルイの指にすり寄せてねだった。

「だ、めじゃない、から……」

「……伊月」

「ちゃんと、……ちゃんと、オレにお前の全部を、くれ……！　離れても、ずっとずっとお前のこと、忘れられないでいられるように……っ、んんん……っ」

皆まで言うなり、欲しがるそこに指が押し込まれる。

熱く疼く中を、硬く確かなもので掻《か》き回されて、伊月は途端に声を濡らしてしまった。

「あっ、あっあっ、んん……っ、んぁあ……っ」

「ん、は……っ、伊月」

息を弾ませたルイが一度指を引き抜き、伊月を仰向けにする。大きく開かせた足の間に身を屈めたルイは、ジェルを足した二本の指で伊月の後孔を穿《うが》ちながら、とろりと蜜を零す花茎をちゅぷりと銜《くわ》え込んだ。

「ふ、あぁ……っ、ル、イ……っ」

直接的な快楽に、伊月はきゅっと腿でルイの頭を挟み、その銀糸のような髪をくしゃりと摑んで身悶《みもだ》えた。

そんなところをルイに舐《な》められるなんて恥ずかしくてたまらないのに、自身の熱芯よりなお熱いルイの舌が嬉しくて、快楽が何倍にも膨《ふく》れ上がってしまう。

溢れるそばから蜜を啜られ、火傷しそうなくらい熱い舌先で小孔をちゅぷちゅぷと犯される。その間も絶え間なく隘路《あいろ》を二本の指でゆっくりと押し開かれ、ぬちゅぬちゅと奥まで蕩かされて、伊月の足からはいつしかくったりと力が抜けてしまっていた。

「あ……、あ、あ……、ルイ……っ、ル、イ……！」

「ん……、伊月、このまま……」

出していいから、と吐息だけで囁かれて、伊月は必死に頭を振った。

「や……、嫌、だ……っ、ルイ……、ルイも、一緒に……」

「……っ」

「一緒じゃなきゃ、嫌だ……！」

今にも弾《はじ》けてしまいそうな花芯をびくびくと震わせ、きゅうきゅうとルイの指を締めつけながらも、懸命に息を詰め、渦巻く甘い衝動を堪《こら》えて訴える伊月に、ルイがぐっと険しい顔つきになる。

「……っ。お前は……！」

「あ……っ、んん……！」

低く唸ったルイが指を引き抜き、伊月の唇を奪う。滅茶苦茶に口の中を掻き回す舌に、もうそれだけで達してしまいそうになりながらも、伊月はルイの背を強く抱きしめ返した。

「んっ、んぅ……っ、ルイ、オレ……っ、オレが、動いても、い……？」

下腹にごりごりと当たるルイの雄茎は、今までで一番硬く膨れ上がっている。

早くこれで奥まで満たされたいけれど、今挿《い》れられてしまったらそれだけで達してしまいそうだし、すぐにわけが分からなくなってしまいそうだ。

今日は、きちんと最後まで覚えていたい。ルイの全部を、二度と忘れたくない。

上になってもいいかと聞いた伊月の腕を取って助け起こしながら、ルイが低い声で頷く。

「ああ。俺もこのままだとお前に無理させそうだから、その方がいい」

「ん……っ、怖いこと、言うな……っ」

こちらをひたと見据えるルイの目は獣のようにぎらついていて、ぞくぞくと背筋が甘く痺れてしまう。

（挿れなくても、見られてるだけでおかしくなりそう……）

くらくらと目眩《めまい》を感じつつも、伊月はルイの肩に摑まり、後ろに回した手でびくびくと脈打つ屹立《きつりつ》を支えた。浮かした腰を少し落として迎え入れようとするが、うまく挿《はい》らずぬるぬると滑ってしまう。

「伊月……、あまり焦らすな。早く、入れてくれ」

「ま……、待って、今……、んん……っ」

焦らしているわけではないのに、ちゅ、ちゅっと胸の尖りに吸いつかれると、ますます狙《ねら》いが定まらなくなる。

「こ、の……っ、い、たずら、するな……っ」

ぎゅっと片腕でルイの頭を抱きしめて、伊月は快感に震える足になんとか力を入れ、熱杭《ねっくい》を受け入れていった。

「あ、あ……っ、んんんっ、あ、あ、あ……！」

「は……っ、伊月……」

ゆっくりと包まれていく感覚に焦れたのか、ぐっと眉を寄せたルイが伊月の腰を摑む。

あっと思った時にはもう、ぐぷんっと奥まで一気に貫かれてしまって、伊月はたまらずルイの頭にしがみついてびくびくと身を震わせた。

「あああ……ッ！」

「……っ、き、つ……っ！」

思わずといった様子で低く唸ったルイが、ぎゅっと伊月を抱きしめて謝る。

「悪い……、っ、我慢が、きかなかった」

「バ、カ……っ」

息を荒らげた伊月は、ルイの綺麗な髪をぐしゃぐしゃに掻き混ぜながら苦笑を零した。

無茶をされて怒る気持ちもあるけれど、ルイが自分を欲しがってくれるのが嬉しくて、怒れなくなってしまう。とはいえ、これ以上暴走されては体がもたない。

伊月はぼさぼさになったルイの髪を軽く整えると、額にくちづけて釘《くぎ》を刺した。

「ん……、動く、から……。ちゃんと、おとなしくしてろよ」

「…………」

「返事」

不満そうな顔がおかしいやら可愛《かわい》いやらで、くすくす笑いながら鼻先をかじると、ルイがむすっとしながらも頷く。

「……努力する」

「不穏だなあ」

正直でいいけどと笑いながら、伊月はルイを抱きしめたまま膝に力を入れた。

「ん……っ、は、ん、ん、ん……っ」

ゆすゆすと体を揺すって、奥まで突き刺さった剛直を自分のそこで扱き立てる。

最初は怖々とぎこちなかった動きは少しずつなめらかに、淫《みだ》らになっていって、伊月は膨れ上がる甘い熱に濡れた吐息を零した。

「は、あ……っ、んんんっ、ああ、あ、あ……っ」

ぷちゅぷちゅと可愛らしかった交合の音が、どんどんいやらしく、はしたないものになっていくのが恥ずかしいのに、気持ちがよくて腰がとめられない。

ルイを悦《よ》くしようときつく締め付ければ締め付けるほど、太茎に全部を擦られて自分まで悦くなってしまう。ルイを感じさせたくてしているはずなのに、激しく腰を動かせば動かすほど擦り立てられた隘路が燃えるように熱く疼いて、もっと奥を、もっと強く突いて欲しくてたまらなくて。

「ああっ、あ、あ……っ、ルイ……っ、んんんっ、ん――……っ」

込み上げる情欲に我慢できず、丸く円を描くように腰をうねらせ、ぬめる隘路で雄茎を舐めしゃぶる伊月に、ルイが息を弾ませながらくちづけてくる。

「伊、月……っ、好きだ、伊月……！」

もどかしくて仕方ないように熱い吐息を零しながら囁いたルイが、とろとろと蜜を零す伊月の花芯を片手で包み込む。伊月の唇を、舌を吸いながらそこをぐちゅぐちゅと扱き立て、ルイは腰を摑んだもう片方の手にぐっと力を込めた。

「は……っ、……っ」

幾度も強く息を逃がしては肩を強張《こわば》らせ、眉根をきつく寄せて懸命に衝動を堪える恋人の姿に、中よりも、性器よりも、心臓がきゅうっと疼く。

快感で、愛《いと》おしさで胸の奥深くをぐちゃぐちゃに掻き乱されて、伊月はたまらずルイを抱きしめてキスを贈った。

「ん……っ、ルイ、オレ、絶対またここに……っ、お前のとこに、戻ってくるから……！」

「……伊月」

「だから、全部……っ、お前の全部、刻みつけて……！」

「……っ！」

一瞬息を詰めたルイが、ぐっと両手で伊月の腰を摑む。次の刹那、強く腰を引き寄せられ、ずぷんっと奥の奥まで貫かれて、伊月は思わず甘い悲鳴を上げた。

「ひ、あ、あああ……ッ！」

「伊月……っ、く……！」

唸ったルイが、強靱《きょうじん》な腰を下から突き上げ、剛直を叩《たた》きつけてくる。

もうないと思っていたその先をこじ開けられ、望み通り全部を滅茶苦茶に愛されて、伊月はあっという間に高みへと駆け上った。

「ルイ……っ、ルイ、あああっ、あ……っ！　中……っ、中、出して……！」

「……っ、伊、月……！」

「お前の全部……っ、オレに覚えさせて……！」

「っ、く、あ……！」

びゅるっと白蜜を弾けさせながらねだった伊月をきつく、きつく抱きしめて、ルイが奥深くで精を放つ。

どくどくと脈打つ熱茎を甘く締めつけて、伊月は荒い息もそのままに、ルイに唇を重ねた。

「ん……っ、ルイ……」

「伊月……」

愛してる、と告げた声が重なって、互いに顔を見合わせる。

思わず吹き出してしまいながら、伊月はもう一度目を閉じ、そっと同じ言葉を呟いた——。

終章

ミンミンとセミの鳴き声と共に降り注ぐ強い日差しが、木々に遮られてキラキラと煌《きら》めく。

その強い輝きに目を細めながら、伊月《いつき》は軽トラックの助手席を降りた。

「こちらにいらっしゃるのは久しぶりですね、北浦《きたうら》教授」

運転席から降りた青年が、にこにこと伊月に声をかけてくる。伊月は、すっかり白くなった頭に帽子を被りながら苦笑を浮かべた。

「教授はもうよしてくれないか、明《あきら》くん。退職してもう一年経つんだから」

「すみません。でも、僕にとって北浦教授は憧れの先生ですから」

にこにこと微笑む彼は、かつてこの山を案内してくれた斎藤《さいとう》の孫だ。斎藤は今も博物館で解説ボランティアをしており、孫の彼もまた、同じ博物館に研究員として勤めている。

――伊月が冥府から現世に戻ってきて、四十余年が過ぎた。古希を過ぎた伊月は一年前に教授の職を辞し、今は各地の博物館を巡ったりとのんびりした日々を送っている。

「憧れなんて嬉しいなあ。そう言ってくれるのは明くんだけだよ」

少し照れながら答えた伊月に、明がキラキラと目を輝かせて言う。

「なにを仰《おっしゃ》ってるんですか。北浦教授の発見のおかげで、考古学に興味を持つ子供がどれだけ増えたか」

「僕はただ、恩師の教え通りに発掘調査していただけなんだけどね」

「ああ！　中田《なかた》先生の！　考古学者たる者、童心を忘れたら終わり、ですっけ」

二十年ほど前に他界した恩師の言葉をしっかり覚えていてくれた明に、伊月はそうそうと目を細めて頷いた。

現世に戻ってきた後、伊月は所属大学の准教授となり、その後の調査で弥生時代の貴重な神器や刀剣を発掘した。かなり状態がよく、加えて今まで遺跡が見つかっていなかった地域からの出土だったため、発見は大きく取り上げられ、考古学に注目が集まった。

伊月はテレビの教育番組などに出演するようになり、児童向けの本を出版したり、講演会などで考古学の楽しさを広く伝える活動をしつつ、研究調査に明け暮れた。

ずっと仕事に夢中だったため、結局所帯を持つことはなかったけれど、研究仲間や明を始めとした後継者に恵まれ、とても充実した日々を過ごしている。

遠い場所から、自分を見守ってくれている存在を感じながら——。

「そういえば、北浦教授はこちらのご出身なんですよね？　祖父から聞きましたけど、この山で二回も神隠しに遭ってるって本当ですか？」

「ふふ、本当だよ」

興味津々で聞いてくる明に、笑って答える。

「二度目は、ちょうど君のお祖父《じい》さんと一緒の時でね。随分心配をかけたなあ」

「祖父も、未《いま》だによくその時の話をしますよ。あの時教授が戻ってこなかったら、日本の考古学界にとって大きな損失だったしー、って。自分が教授を見つけたわけでもないのに」

くすくす笑いながら、明が軽トラの荷台の方に回る。載せていた調査道具を降ろしながら、彼は伊月に問いかけてきた。

「そういえば神隠しの間の記憶って、やっぱりないんですか？　どこでなにしてたとか……」

「……そうだねえ」

今まで様々な人から何度も同じ質問をされてきた伊月は、同じように答えようとして——、ふと、近くの木々に目をやった。

——さわさわと風に揺れる葉音に混じって、かすかに誰かの声が聞こえてくる。

伊月、と自分を呼ぶ低くやわらかな声に、伊月は微笑んで答えた。

「……ああ、今行く」

「教授？」

伊月が自分に答えたと思ったのか、明が聞き返してくる。

伊月は彼に歩み寄ると、にこ、と微笑んで今まで誰にも告げなかった秘密を明かした。

「実は、記憶はちゃんとあるんだ。ここことは別の場所……、冥府に行っていたんだよ」

「……冥府、ですか？」

戸惑う明に、そうそうと伊月は頷き返した。自分より背の高い若者の前に立ち、説明する。

「冥府っていうのは、地獄と天国の狭間《はざま》にある世界でね。彷徨《さまよ》える魂が、審判の時を待っているんだ。そこには冥府の王や地獄の番犬のケルベロス、遺体が見つからなくて成仏できない浮遊霊がいてね」

「はあ……」

今ひとつ呑み込めていない顔で相槌《あいづち》を打つ明に苦笑して、伊月は静かに告げる。

「実は今日ここに来たのも、もう一度そこに行くためだったんだ。そろそろかなと思ってね」

「え……」

「書斎の机の上に手紙を置いてきたから、読んでほしい。君にもお祖父さんと同じように心配をさせてしまうだろうから、先に謝っておかないと。ごめんね、明くん。でも、僕のことはあまり探さないで。見つかってしまうと、僕は成仏しなきゃならなくなってしまうから」

「あの……、教授、さっきからなにを……」

困惑する明を見上げると、伊月は微笑んで帽子を取った。

「もう行かないと。向こうで待たせている人がいるから。じゃあね、明くん。……色々ありがとう」

「っ、教授……？」

——明の視界が、伊月の帽子で一瞬遮られる。突然のそれに驚いた明が一歩後ずさったその時、唐突にザアッと強い風が吹いた。

「うわ……っ」

思わず目を瞑った明は、次の瞬間、はらりと落ちた帽子の向こうの景色に息を呑んだ。

「……教授？」

先ほどまで、——つい先ほどまでそこにいたはずの北浦の姿が、どこにもないのだ。

まるで煙のように、彼の姿はその場から掻き消えていて——。

明は慌てて辺りを見回し、大声で叫んだ。

「教授！　北浦教授！」

林道に、ミンミンとセミの鳴き声が降り注ぐ。

木々の間からキラキラと煌めき落ちた強い日差しが、伊月の名を呼ぶ青年のすぐそばで、陽《かげ》炎《ろう》のようにゆらりと揺らめいていた——。

──永遠にも思える一瞬の後、目に映ったのは満点の星空だった。

月のない闇夜に、無数の星々が瞬いている──。

「……伊月」

低い声に、伊月は後ろを振り返った。その姿は、あの時に──、二度目の神隠しに遭った二十八歳の時に戻っている。

「なに泣いてるんだよ、ルイ」

立ち尽くしている背の高い男に、伊月は苦笑を浮かべた。

目を潤ませた男が、ぐっと堪えるような表情を浮かべて言う。

「お前が、生を終えたんだ。泣きもする……」

「ルイ様のこれは、嬉し涙でもあるかと」

ルイの足元には、赤青黄の目を輝かせたケルベロスたちもいた。

「お帰り、伊月様！」

「おい、山吹《やまぶき》。それを伊月に一番最初に言うのは、主《あるじ》と決めたはずだろう」

相変わらずな彼らに笑って、伊月はルイに問いかける。

「だってよ、ルイ。言ってくれないのか？」

「……お帰り、伊月」

少し複雑そうにしながらも微笑んで言ったルイに、伊月は駆け寄って飛びついた。

「ただいま！　お待たせ、ルイ！」

――静寂の冥府に、笑い声が響く。

美しい夜空には今日も、無数の星が瞬いていた。

あとがき

こんにちは、櫛野《くしの》ゆいです。この度はお手に取って下さり、ありがとうございます。

今作は死後の世界、冥府が舞台でしたが、いかがでしたでしょうか。私は正直、とても書くのが大変でした。ええ、主にルイのせいで！笑

最後までお読み下さった方々にはお分かりいただけるかと思いますが、今回は攻めのルイが本当に複雑な男で。書いていても、表に出す言動と、その裏に隠された伊月への想い、更にそれとは相反する彼自身の望みと、想いと望みの間で揺れる葛藤等々、いくつもの気持ちが同時に存在しているので、それを追うのが大変でした。おまけに中盤まで神隠しの謎を追う展開なので、お話自体も書くのが難しく、本当に本当に頭がパンクするかと思いました。

でも、そういった複雑な感情を同時に抱いていて、誰よりも人間らしいルイだからこそ、冥府の王が務まっているのかな。恋愛面、というか伊月に関しては本当に面倒くさくて激重なルイですが、彼の救済を書けてよかったなと思います。

そんなルイを見捨てることなく、諦めることなく懸命に救ってくれた伊月、本当にありがとう。私は、受けがいないとダメダメな攻め、攻めがいなくても頑張れる受け、という関係が大好きなのですが、この二人はまさにそうですね。一見するとルイの執着ばかり目立ちますが、

伊月も相当ルイに執着しているんじゃないかな。これからは冥府で、ルイのそばにずっといてあげて下さい。じゃないとルイがまた面倒くさいことになりそうなので。

脇役ではケルベロスたちと女王様がお気に入りです。特に山吹は自由奔放でテンションが高く、重くなりがちなお話を随所で明るくしてくれるムードメイカーだったなと思います。マリカーは私も激弱なので、代わりにおなかわしゃわしゃしてあげたいです。

さて、駆け足ですがお礼を。挿し絵をご担当下さった円陣闇丸《えんじんやみまる》先生、この度はありがとうございました。長年憧れておりましたので、担当さんから今回は円陣先生にとお話をいただいた際、動揺しすぎてその場でぐるぐる意味もなく歩き回り、通りすがりの方から不審な目で見られました。銀長髪の冥府の王、とてもとても楽しみです。

いつも的確なご助言を下さる担当様も、ありがとうございます。今回は特に自分でも頭を抱える箇所が多く、複雑で繊細なお話ですよね、と寄り添っていただけて本当にありがたかったです。今後ともよろしくお願いいたします。

最後までお読み下さった方も、ありがとうございました。一時でも楽しんでいただけたら幸いです。よろしければ是非ご感想もお聞かせ下さい。

それではまた、お目にかかれますように。

櫛野ゆい　拝

この本を読んでのご意見、ご感想を編集部までお寄せください。

《あて先》〒141－8202　東京都品川区上大崎3－1－1　徳間書店　キャラ編集部気付

「冥府の王の神隠し」係

【読者アンケートフォーム】

QRコードより作品の感想・アンケートをお送り頂けます。

Chara公式サイト http://www.chara-info.net/

■初出一覧

冥府の王の神隠し……書き下ろし

冥府の王の神隠し

……【キャラ文庫】

2023年6月30日　初刷

著　者　櫛野ゆい
発行者　松下俊也
発行所　株式会社徳間書店
〒141-8202　東京都品川区上大崎3-1-1
電話　049-293-5521（販売部）
　　　03-5403-4348（編集部）
振替　00140-0-44392

印刷・製本　図書印刷株式会社
カバー・口絵　近代美術株式会社
デザイン　百足屋ユウコ＋タドコロユイ（ムシカゴグラフィクス）

定価はカバーに表記してあります。

本書の一部あるいは全部を無断で複写複製することは、法律で認められた場合を除き、著作権の侵害となります。

乱丁・落丁の場合はお取り替えいたします。

© YUI KUSHINO 2023

ISBN978-4-19-901101-6

櫛野ゆいの本

好評発売中

【王弟殿下とナイルの異邦人】

イラスト✦榊 空也

偶然訪れた博物館で、うっかり展示品の腕輪に触れてしまった——。その瞬間、三千年前の古代エジプトにタイムスリップ!! 巫女と間違われて召還された、カフェで働く北村隼人《きたむらはやと》。神官に囲まれ呆然とする隼人を救ったのは、女王《ファラオ》の弟殿下で、腕の立つ武人のジェセル。「おまえが未来から来たことは誰にも言うな」安堵も束の間、年下なのに命令口調で尊大な彼に、側室として後宮に閉じ込められて…!?

櫛野ゆいの本

好評発売中

「興国の花、比翼の鳥」

イラスト✦夏河シオリ

父上を謀殺した皇帝に、僕は必ず復讐する――!!　皇帝の孫でありながら、命を狙われ山中に逃げ込んだ李由《りゆ》。そんな李由を拾ったのは、圧政に苦しむ民を助ける義賊の雷全《らいぜん》。一目で李由がワケありだと見抜いたけれど「怪我したガキを放っておけない」と、自分の養子として保護することに。それから十年――剣技を磨き美しく成長した李由は、養い親の雷全に、密かな恋心を抱くようになって――!?

キャラ文庫最新刊

冥府の王の神隠し

櫛野ゆい
イラスト✦円陣闇丸

遺跡の発掘現場で落盤事故に遭い、目覚めた先は冥府の世界!? 怪我が治るまで、考古学者の伊月《いつき》は冥府の王の庇護を受けることに!?

鏡よ鏡、お城に隠れているのは誰？ 鏡よ鏡、毒リンゴを食べたのは誰？2

小中大豆
イラスト✦みずかねりょう

恋人の紹惟《しょうい》と新居への引っ越しも控え、幸せな日々を送る永利《えいり》。そんな折、傷害事件で干されていた個性派俳優との共演が決まり…!?

無能な皇子と呼ばれてますが中身は敵国の宰相です②

夜光 花
イラスト✦サマミヤアカザ

敵国の皇子の身体と入れ替わってしまった、宰相のリドリー。事情を知る騎士団長のシュルツと画策し、祖国に戻るチャンスを得て!?

渇愛㊤

吉原理恵子
イラスト✦笠井あゆみ

親の再婚でできた2歳年下の弟に、なぜか嫌われている和也《かずや》。両親が事故で亡くなり、残された玲二《れいじ》と、二人きりでの生活が始まり!?

7月新刊のお知らせ

海野 幸　イラスト✦コウキ。　[闇に香る赤い花(仮)]
華藤えれな　イラスト✦夏乃あゆみ　[悪役王子が愛を知るまで(仮)]
吉原理恵子　イラスト✦笠井あゆみ　[渇愛㊦]

7/27(木)発売予定